JN241246

假面の告白

三島由紀夫

Guén

河出書房

美――美といふ奴は恐ろしい怕《おつ》かないもんだよ！　つまり、杓子定規に決めることが出來ないから、それで恐ろしいのだ。なぜつて、神樣は人間に謎ばかりかけていらつしやるもんなあ。美の中では兩方の岸が一つに出合つて、すべての矛盾が一緒に住んでゐるのだ。俺は無教育だけれど、この事はずゐぶん考へ拔いたものだ。實に神祕は無限だなあ！　この地球の上では、ずゐぶん澤山の謎が人間を苦しめてゐるよ。この謎が解けたら、それは濡れずに水の中から出て來るやうなものだ。あゝ美か！　その上俺がどうしても我慢できないのは、美しい心と優れた理性を持つた立派な人間までが、往々聖母《マドンナ》の理想を懷いて踏み出しながら、結局惡行《ソドム》の理想をもつて終るといふ事なんだ。いや、まだ〳〵恐ろしい事がある。つまり惡行《ソドム》の理想を心に懷いてゐる人間が、同時に聖母《マドンナ》の理想をも否定しないで、まるで純潔な靑年時代のやうに、眞底から美しい理想の憧憬を心に燃やしてゐるのだ。いや實に人間の心は廣い、あまり廣過ぎるくらゐだ。俺は出來る事なら少し縮めてみたいよ。えゝ畜生、何が何だか分りやしない、本當に！　理性の目で汚辱と見えるものが、感情の目には立派な美と見えるんだからなあ。一體惡行《ソドム》の中に美があるのかしらん？……

……しかし、人間て奴は自分の痛いことばかり話したがるものだよ。

――ドストエーフスキイ「カラマーゾフの兄弟」
第三篇の第三、熱烈なる心の懺悔――詩

假面の告白

第一章

永いあひだ、私は自分が生れたときの光景を見たことがあると言ひ張つてゐた。それを言ひ出すたびに大人たちは笑ひ、しまひには自分がからかはれてゐるのかと思つて、この蒼ざめた子供らしくない子供の顏を、かるい憎しみの色さした目つきで眺めた。それがまたま馴染の淺い客の前で言ひ出されたりすると、白痴と思はれかねないことを心配した祖母は險のある聲でさへぎつて、むかうへ行つて遊んでおいでと言つた。

笑ふ大人は、たいてい何か科學的な說明で說き伏せようとしだすのが常だつた。そのとき赤ん坊はまだ目が明いてゐないのだとか、たとひ萬一明いてゐたにしても記憶に殘るやうなはつきりした觀念が得られた筈はないのだとか、子供の心に呑み込めるやうに砕いて說明してやらうと息込むときの多少芝居がかつた熱心さで喋りだすのが定石だつた。ねえさうだらう、とまだ疑ぐり深さうにしてゐる私のちひさな肩をゆすぶつてゐるうちに、彼らは私の企らみに危ふく掛るところだつたと氣がつくらしかつた。子供だと思つてゐると油斷ができない、こいつ俺を羂《わな》にかけて「あのこと」をきき出さうとしてゐるにちがひない、それなら何だつてもつと子供らしく無邪氣に訊《き》けないものだらう、「僕どこから生れたの？ 僕どうして生れたの？」と。——彼らは、あらためて、默つたまま、何のせゐかしらずひどく心を傷つけられたしるしの薄ら笑ひをじつとりとうかべたまま、私を見やるのが落ちだつた。

しかし、それは思ひすごしといふものである。私は「あのこと」などについて何を訊《き》きたいわけでもなかつた。それでなくても大人の心を傷つけることが怖くてならなかつた私に、羂をかけたりする策略のうかんでくる筈がなかつた。

どう說き聞かされても、また、どう笑ひ去られても、私には自分の生れた光景を見たといふ體驗が信じられるばかりだつた。おそらくはその場に居合はせた人が私に話してきかせた記憶からか、私の勝手な空想からか、どちらかだつた。が、私には一箇所だけありありと自分の目で見たとしか思はれないところがあつた。産湯《うぶゆ》を使はされた盥のふちのところである。下《おろ》したての爽やかな木肌の盥で、内がはから見てゐると、ふちのところにほんのりと光りがさしてゐた。そこのところだけ木肌がまばゆく、黄金《きん》でできてゐるやうにみえた。ゆらゆらとそこまで水の舌先が舐めるかとみえて届かなかつた。しかしそのふちの下のところの水は、反射のためか、それともそこへも光りがさし入つてゐたのか、なごやかに照り映えて、小さな光る波同志がたえず鉢合せをしてゐるやうにみえた。

——この記憶にとつて、いちばん有力だと思はれた反駁は、私の生れたのが晝間ではないといふことだつた。午後九時に私は生れたのであつた。射してくる日光のあらう筈はなかつた。では電燈の光りだつたのか、さうからかはれても、私はいかに夜中だらうとその盥の一個所にだけは日光が射してゐなかつたでもあるまいと考へる背理のうちへ、さしたる難儀もなく歩み入ることができた。そして盥のゆらめく光の縁《ふち》は、何度となく、たしかに私の見た私自身の産湯の時のものとして、記憶のなかに揺曳した。

震災の翌々年に私は生れた。

その十年まへ、祖父が植民地の長官時代に起つた疑獄事件で、部下の罪を引受けて職を退いてから(私は美辭麗句を弄してゐるのではない。祖父がもつてゐたやうな、人間に對する愚かな信頼の完璧さは、私の半生でも他に比べられるものを見なかつた。)私の家は殆ど鼻歌まじりと言ひたいほどの氣樂な速度で、傾斜の上を辷りだした。莫大な借財、差押、家屋敷の賣却、それから窮迫が加はるにつれ暗い衝動のやうにますますもえさかる病的な虚榮。——かうして私が生れたのは、土地柄のあまりよくない町の一角にある古い借家だつた。こけおどかしの鐵の門や前庭や場末の禮拜堂ほどにひろい洋間などのある・坂の上から見ると二階建であり坂の下から見ると三階建の・燻んだ暗い感じのする・何か錯雜した容子の威丈高な家だつた。暗い部屋がたくさんあり、女中が六人ゐた。祖父、祖母、父、母、と都合十人がこの古い簞笥のやうにきしむ家に起き伏ししてゐた。

祖父の事業慾と祖母の病氣と浪費癖とが一家の悩みの種だつた。いかがはしい取巻き連のもつてくる繪圖面に誘はれて、祖父は黄金夢を夢みながら遠い地方をしばしば旅した。

古い家柄の出の祖母は、祖父を憎み蔑んでゐた。彼女は狷介不屈な、或る狂ほしい詩的な魂だつた。固疾の脳神経痛が、遠まはしに、着實に、彼女の神經を蝕んでゐた。同時に無益な明晰さをそれが彼女の理智に増した。死にいたるまでつづいたこの狂燥の發作が、祖父の壯年時代の罪の形見であることを誰が知つてゐたか？

父はこの家で、かよわい美しい花嫁、私の母を迎へた。

大正十四年の一月十四日の朝、陣痛が母を襲つた。夜九時に六五〇匁の小さい赤ん坊が生れた。フランネルの襦袢・クリームいろの羽二重の下着・お召の絣の着物を着せられたお七夜の晩、祖父が一家の前で、奉書の紙に私の名を書き、三寶の上にのせ、床の間に置いた。

髪がいつまでたつても金色だつた。オキシフルをしじふつけてゐるうちに黒くなつた。父母は二階に住んでゐた。二階で赤ん坊を育てるのは危險だといふ口實の下に、生れて四十九日目に祖母は母の手から私を奪ひとつた。しじふ閉《た》て切つた・病氣と老いの匂ひにむせかへる祖母の病室で、その病床に床を並べて私は育てられた。

生れて一年たつかたたぬに、私は階段の三段目から落ちて額に傷を負つた。祖母は芝居へ行つてをり、父の從兄妹たちが母もともどもに息抜きにさわいでゐた。母がふと二階へ物をとりに行つた。その母を追つて行つて、おひきずりの着物の裾がひつかかつて、落ちたのである。

歌舞伎座へ呼出しがかけられた。祖母はかへつて來て玄關に立つたまゝ、右手の杖に體を支《か》て、出迎へた父をじつと見つめたまま妙に落着いた一字一字を彫《え》りつけるやうな口調で言つた。

「もう死んだのかつ?」

「いいや」

祖母は巫子のやうな確信のある足取りで家へ上つて來た。……

——五才の元日の朝、赤いコーヒー樣のものを私は吐いた。主治醫が來て「受けあへぬ」と言つた。カンフルや葡萄糖が針差のやうに打たれた。手首も上膊も脈が觸れなくなつて二時間がすぎた。人々は私の死體を見た。

經帷子や遺愛の玩具がそろへられ一族が集まつた。それから一時間ほどして小水が出た。母の兄の博士が、「助かるぞ」と言つた。心臟の働らきかけた證據だといふのである。ややあつて又小水が出た。徐々に、おぼろげな生命の明るみが私の頰によみがへつた。

その病氣――自家中毒――は私の固疾になつた。月に一回、あるひは輕いあるひは重いそれが私を訪れた。何度となく危機が見舞つた。私に向つて近づいてくる病氣の跫音で、それが死と近しい病氣であるか、それとも死と疎遠な病氣であるかを、私の意識は聽きわけるやうになつた。

最初の記憶、ふしぎな確たる影像で私を思ひ惱ます記憶が、そのあたりではじまつた。

手をひいてくれてゐたのは、母か看護婦か女中かそれとも叔母か、それはわからない。季節も分明でない。午後の日ざしがどんよりとその坂をめぐる家々に射してゐた。私はそのだれか知らぬ女の人に手を引かれ、坂を家の方へのぼつて來た。むかうから下りて來る者があるので、女は私の手を強く引いて道をよけ、立止つた。

この影像は何度となく復習され強められ集中され、そのたびごとに新たな意味を附されたものであることはまちがひがない。何故なら、漠とした周圍の情景のなかで、その「坂を下りて來るもの」の姿だけが不當な精密さを帶びてゐるからだ。それもその筈、これこそ私の半生を惱まし脅かしつづけたものの、最初の記念の影像であつたからだ。

坂を下りて來たのは一人の若者だつた。肥桶《こえおけ》を前後に荷ひ、汚れた手拭で鉢卷をし、血色のよい美しい頰と輝やく目をもち、足で重みを踏みわけながら坂を下りて來た。それは汚穢屋《おわいや》——糞尿汲取人——であつた。彼は地下足袋を穿き、紺の股引を穿いてゐた。五才の私は異常な注視でこの姿を見た。まだその意味とては定かではないが、或る力の最初の啓示、或る暗いふしぎな呼び聲が私に呼びかけたのであつた。それが汚穢屋《おわいや》の姿に最初に顯現したことは寓喩的《アレゴリカル》である。何故なら糞尿は大地の象徴であるから。私に呼びかけたものは根の母の惡意ある愛であつたに相違ないから。

私はこの世にひりつくやうな或る種の欲望があるのを豫感した。汚れた若者の姿を見上げながら、『私が彼になりたい』といふ欲求、『私が彼でありたい』といふ欲求が私をしめつけた。その欲求には二つの重點があつたことが、あきらかに思ひ出される。一つの重點は彼の紺の股引であり、一つの重點は彼の職業であつた。紺の股引は彼の下半身を明瞭に輪廓づけてゐた。それはしなやかに動き、私に向つて歩いてくるやうに思はれた。いはん方ない傾倒が、その股引に對して私に起つた。何故だか私にはわからなかつた。

彼の職業——。このとき、物心つくと同時に他の子供たちが陸軍大將になりたいと思ふのと同じ機構で、「汚穢屋になりたい」といふ憧れが私に泛んだのである。憧れの原因は紺の股引にあつたとも謂はれようが、そればかりでは決してなかつた。この主題は、それ自身私の中で强められ發展し特異な展開を見せた。

といふのは、彼の職業に對して、私は何か鋭い悲哀、身を撚《よ》るやうな悲哀への憧れのやうなものを感じたのである。きはめて感覺的な意味での「悲劇的なもの」を、私は彼の職業から感じた。彼の職業から、或る「身を挺してゐる」と謂つた感じ、或る投げやりな感じ、或る危險に對する親近の感じ、虛無と活力とのめざましい混合と謂つた感じ、さういふものが溢れ出て五才の私に迫り私をとりこにした。汚穢屋といふ職業を私は誤解してゐたのかもしれぬ。何か別の職業を人から聞いてゐて、彼の服裝でそれと誤認し、彼の職業にむりやりにはめ込んでゐたのかもしれぬ。さうでなければ說明がつかない。

なぜならこの情緖と同じ主題が、やがて、花電車の運轉手や地下鐵の切符切りの上へ移され、私の知らない・又そこから私が永遠に排除されてゐるやうに思へる「悲劇的な生活」を彼らから强烈に感受させたからだつた。とりわけ、地下鐵の切符切りの場合は、當時地下鐵驛構內に漂つてゐたゴムのやうな薄荷のやうな匂ひが、彼の靑い制服の胸に並んだ金釦と相俟つて、「悲劇的なもの」の聯想を容易に促した。さういふ匂ひの中で生活してゐる人のことを、何故かしら私の心に「悲劇的」に思はせた。私の官能がそれを求めしかも私に拒まれてゐる或る場所で、私に關係なしに行はれる生活や事件、その人々、これらが私の「悲劇的なもの」の定義であり、そこから私が永遠に拒まれてゐるといふ悲哀が、いつも彼ら及び彼らの生活の上に轉化され夢みられて、辛うじて私は私自身の悲哀を通《とほ》して、そこに與《あづか》らうとしてゐるものらしかつた。

とすれば、私の感じだした「悲劇的なもの」とは、私がそこから拒まれてゐるといふことの逸早い豫感がもたらした悲哀の、投影にすぎなかつたのかもしれない。

もう一つの最初の記憶がある。

六つのときには讀み書きができた。その繪本がよめなかつたとすると、やはり五つの年の記憶に相違ない。

そのころ數ある繪本のなかのただ一冊、しかも見ひらきになつてゐるただ一枚の繪が、しつこく私の偏愛に愬へてゐた。私はそれを見つめてゐると永い退屈な午後を忘れてゐることができ、しかも人がやつて來ると何がなしにうしろめたくてあわてて別のページをあけた。看護婦や女中のお守りが私には煩はしくてならなくなつた。一日その繪に見入つてゐられる生活がしたいと思つた。その頁をあけるときは胸がときめき、他の頁を見てゐても心はそらだつた。

その繪といふのは白馬にまたがつて劍をかざしてゐるジャンヌ・ダルクであつた。馬は鼻孔を怒らし、逞ましい前肢で砂塵を蹴立ててゐた。ジャンヌ・ダルクが身に着けた白銀の鎧には、何か美しい紋章があつた。彼は美しい顔を顏當から覗かせ、凛々しく抜身を靑空にふりかざして、「死」へか、ともかく何かしら不吉な力をもつた翔びゆく對象へ立ち向つてゐた。私は彼が次の瞬間に殺されるだらうと信じた。いそいで頁をめくつたら、彼の殺されてゐる繪が見られるかもしれぬ。繪本の繪は何かの加減でしらない間《ま》に「次の瞬間」へ移つてゐることがあるかもしれぬ。……

しかしあるとき看護婦が、何氣なしにその繪の頁をひらきながら、横でちらちら盜み見てゐる私に言つた。

「お坊ちやま、この繪のお話御存知？」

「しらないの」

「この人男みたいでせう。でも女なんですよ、本當は。女が男のなりをして戰爭へ行つてお國のためにつくしたお話ですのよ」

「女なの」

私は打ちひしがれた氣持だつた。彼だと信じてゐたものが彼女なのであつた。この美しい騎士が男でなくて女だとあつては、何にならう。（現在も私には女の男裝への根強い・說明しがたい嫌惡がある。） それはとりわけ彼の死に對して私の抱いた甘い幻想への、殘酷な復讐、人生で私が出逢つた最初の「現實からの復讐」に似てゐた。美しい騎士の死の讃美を、後年、私はオスカア・ワイルドの次のやうな詩句に見出だした。

芦《あし》と藺《ゐ》のなかに殺され橫たはる、
騎士はうつくし。……

それ以來、私はその繪本を見捨てた。手にとることもしなかつた。

ユイスマンは小說「彼方」のなかで、「やがて極めて巧緻な殘虐さと微妙な罪惡に一轉すべき性質のものなりし」ジル・ド・レエの神祕主義的衝動は、シャルル七世の勅によつて彼がその護衛の任に當つたジャンヌ・ダルクのさまざまな信じ難い事蹟を目《ま》のあたり見ることによつて涵養された、と説いてゐる。逆の機縁、（つまり嫌悪の機縁として）ではあるが、私の場合も、オルレアンの少女が一役買つてゐるのだつた。

——さらに一つの記憶。

汗の匂ひである。汗の匂ひが私を驅り立て、私の憧れをそそり、私を支配した。……耳をすましてゐると、ザックザックといふ混濁した・ごく微かな・おびやかすやうな響がきこえてくる。時として喇叭がまじり、單純な・ふしぎに哀切な歌聲が近づく。私は女中の手を引き、はやくはやくと急《せ》き立て、女中の腕に抱かれて門のところに立つことへ心をいそがせた。

練兵からかへるさの軍隊が、私の門前をとほるのだつた。私はいつも子供好きな兵士から、空《から》になつた藥莢をいくつかもらふのをたのしみにしてゐた。祖母が危険だといつてそれを貰ふことを禁じたので、このたのしみには祕密のよろこびが加はつた。鈍重な軍靴のひびきや、汚れた軍服や、肩にかついだ銃器の林は、どの子供をも魅し去るに十分である。しかし私を魅し、かれらから藥莢をもらふといふたのしみのかくれた動機をなしてゐたのは、たゞかれらの汗の匂ひであつた。

兵士たちの汗の匂ひ、あの潮風のやうな・黄金《きん》に炒《い》られた海岸の空氣のやうな匂ひ、あの匂ひが私の鼻孔を搏ち、私を醉はせた。私の最初の匂ひの記憶はこれかもしれない。その匂ひは、もちろん直ちに性的な快感に結びつくことはなしに、兵士らの運命・彼らの職業の悲劇性・彼らの死・彼らの見るべき遠い國々、さういふものへの官能的な欲求をそれが私のうちに徐々に、そして根強く目ざめさせた。

……私が人生ではじめて出逢つたのは、これら異形《いぎやう》の幻影だつた。それは實に巧まれた完全さを以て最初から私の前に立つたのだ。何一つ欠けてゐるものもなしに。何一つ、後年の私が自分の意識や行動の源泉をそこに訪ねて、欠けてゐるものもなしに。

私が幼時から人生に對して抱いてゐた觀念は、アウグスティヌス風な豫定說の線を外《そ》れることがたえてなかつた。いくたびとなく無益な迷ひが私を苦しめ、今もなほ苦しめつゞけてゐるものの、この迷ひをも一種の墮罪の誘惑と考へれば、私の決定論にゆるぎはなかつた。私の生涯の不安の總計のいはば献立表《メニュー》を、私はまだそれが讀めないうちから與へられてゐた。私はただナプキンをかけて食卓に向つてゐればよかつた。今かうした奇矯な書物を書いてゐることすらが、献立表にはちやんと載せられてをり、最初から私はそれを見てゐた筈であつた。

幼年時代は時間と空間の紛糾した舞臺である。たとへば火山の爆發とか叛亂軍の蜂起とか大人から告げられた諸國のニュースと、目前で起つてゐる祖母の發作や家のなかのこまごました諍《いさか》ひごとと、今しがたそこへ沒入してゐたお伽噺の世界の空想的な事件と、これら三つのものが、いつも私には等價値の、同系列のものに思はれた。私にはこの世界が積木の構築以上に複雜なものとは思へず、やがて私がそこへ行かねばならぬいはゆる「社會」が、お伽噺の「世間」以上に陸離たるものとは思へなかつた。一つの限定が無意識裡にはじまつてゐた。そしてあらゆる空想は、はじめから、この限定へ立向ふ抵抗の下に、ふしぎに完全な・それ自體一つの熱烈な願ひにも似た絶望を、滲《にじ》ませてゐた。

夜、私は床の中で、私の床の周圍をとりまく闇の延長上に、燦然たる都會が泛ぶのを見た。それは奇妙にひつそりして、しかも光輝と祕密にみちあふれてゐた。そこを訪れた人の面《おもて》には一つの祕密の刻印が捺されるに相違なかつた。深夜家へ歸つてくる大人たちは、かれらの言葉や擧止のうちに、どこかしら合言葉めいたもの・フリーメイソンじみたものをのこしてゐた。また彼等の顏には、何かきらきらした・直視することの憚られる疲勞があつた。觸れる指さきに銀粉をのこすあのクリスマスの假面のやうに、かれらの顏に手を觸れればゞ、夜の都會がかれらを彩る繪具の色がわかりさうに思はれた。

やがて、私は「夜」が私のすぐ目近《まぢか》で帷をあげるのを見た。それは松旭齋天勝の舞臺だつた。（彼女がめづらしく新宿の劇場に出た時だつたが、同じ劇場で何年かあとに見たダンテといふ奇術師の舞臺は、天勝のそれよりも數層倍大がかりなものであつたのに、そのダンテも、また萬國博覽會のハーゲンベック・サーカスも、最初の天勝ほどに私を愕かしはしなかつた。）

彼女は豐かな肢體を、默示錄の大淫婦めいた衣裳に包んで、舞臺の上をのびやかに散步した。手褄使ひ特有の亡命貴族のやうな勿體ぶつた鷹揚さと、あの一種沈鬱な愛嬌と、あの女丈夫らしい物腰とが、奇妙にも、安物のみが發する思ひ切つた光輝に身を委ねた贋造の衣裳や、女浪曲師のやうな濃厚な化粧や、足の爪先まで塗つた白粉や、人工寶石の堆《うづたか》い瑰麗な腕環などと、或るメランコリックな調和を示してゐた。むしろ不調和が落す陰翳の肌理《きめ》のこまかさが、獨特の諧和感をみちびいて來てゐたのだ。

「天勝になりたい」といふねがひが、「花電車の運轉手になりたい」といふねがひと本質を異《こと》にするものであることが、おぼろげながら私にはわかつてゐた。そのもつとも顯著な相違は、前者には、あの「悲劇的なもの」への渴望が全くと云つてよいほど欠けてゐたことだ。天勝になりたいといふ希みに對しては、私はあの憧れと疚《やま》しさとの苛立たしい混淆を味はずにすんだ。それでも動悸を押へるのに苦しみながら、私はある日母の部屋へ忍び込んで衣裳箪笥をあけたのであつた。

母の着物のなかでいちばんごてごてした・きらびやかな着物が引摺り出された。帶は油繪具で緋の薔薇が描かれたものを、土耳古の大宮のやうにぐるぐる卷きにした。ちりめんの風呂敷で頭が包まれた。鏡の前に立つてみると、この即興の頭布の具合は、「寶島」に出てくる海賊の頭布に似てゐるやうに思はれたので、私は狂ほしい喜びで顏をほてらせた。しかし私の仕事はまだまだ大變だつた。私の一擧一動、私の指先爪先までが、神祕を生むにふさはしいものでなければならなかつた。私は懷中鏡を帶のあひだにはさみ、顏にうすく白粉を塗つた。それから棒狀をした銀いろの懷中電燈や、古風な彫金を施した萬年筆や、何にまれまぶしく目を射るものをすべて携へた。

かうして私は、まじめくさつて祖母の居間へ押し出した。狂ほしい可笑しさ・うれしさにこらへきれず、

「天勝よ。僕、天勝よ」

と云ひながらそこら中を駈けまはつた。

そこには病床の祖母と、母と、誰か來客と、病室づきの女中とがゐた。私の目には誰も見えなかつた。私の熱狂は、自分が扮した天勝が多くの目にさらされてゐるといふ意識に

集中され、いはばただ私自身をしか見てゐなかつた。しかしふとした加減で、私は母の顔を見た。母はこころもち青ざめて、放心したやうに坐つてゐた。そして私と目が合ふと、その目がすつと伏せられた。

私は了解した。涙が滲んで來た。

何をこのとき私は理解し、あるひは理解を迫られたのか？ 「罪に先立つ悔恨」といふ後年の主題が、ここでその端緒を暗示してみせたのか？ それとも愛の目のなかに置かれたときにいかほど孤獨がぶざまに見えるかといふ敎訓を、私はそこから受けとり、同時にまた、私自身の愛の拒み方を、その裏側から學びとつたのか？

——女中が私を取押へた。私は別の部屋へつれて行かれ、羽毛をむしられる雛のやうに、またたくひまにこの不埒な假裝を剝がされた。

扮裝慾は活動寫眞を見はじめることで昂進した。それは十才ごろまで顯著につづいた。

あるとき私は書生と「フラ・ディアボロ」といふ音樂映畫をみに行つた。ディアボロに扮した役者の、袖口に長いレエスをひるがへした宮延服が忘れられなかつた。僕ああいふの着たいな、あんな鬘《かつら》かぶつてみたいな、と私が言ふと、書生は輕蔑したやうな笑ひ方をした。そのくせ彼がよく女中部屋で八重垣姫の眞似をしてみせて女中たちを笑はせてゐたことを私は知つてゐた。

しかし天勝につづいて私を魅したのはクレオパトラであつた。ある年の暮ちかい雪の日に、親しい醫者が私にせがまれて、その活動寫眞へ私を連れて行つた。暮のことでお客は少なかつた。醫者は手摺に足をのせて眠つてしまつた。――ひとり私は耽奇の目で眺めてゐた。大ぜいの奴隷に擔がれた古怪な輦臺に乘つて羅馬へ乘りこむ埃及の女王を。瞼全體にアイ・シャドウを塗つた沈鬱な目つきを。その着てゐた超自然な衣裳を。それからまた、波斯絨氈のなかから現はれたその琥珀いろの半裸の姿を。

私は、今度は祖母や父母《ちちはは》の目をぬすんで、（すでに十分な罪の歡びを以て、）妹や弟を相手に、クレオパトラの扮裝に憂身をやつした。何を私はこの女裝から期待したのか？後《のち》になつて、私は私と同樣の期待を、羅馬頽唐期の皇帝、あの羅馬古神の破壞者、あのデカダンの帝王獸、ヘーリオガバルスに見出した。

かうして私は二種類の前提を語り終へた。それは復習を要する。第一の前提は、糞尿汲取人とオルレアンの少女と兵士の汗の匂ひとである。第二の前提は、松旭齋天勝とクレオパトラだ。

なほ語られねばならない前提が一つある。

子供に手のとどくかぎりのお伽噺を渉獵しながら、私は王女たちを愛さなかつた。王子だけを愛した。殺される王子たち、死の運命にある王子たちは一層愛した。殺される若者たちを凡て愛した。

しかし私にはまだわからなかつた。何だつて數あるアンデルセン童話のなかから、あの「薔薇の妖情」の、戀人が記念《かたみ》にくれた薔薇に接吻してゐるところを大きなナイフで惡黨に刺し殺され首を斬られる美しい若者だけが、心に深く影を落すのかを。なぜ多くのワイルドの童話のなかで、「漁夫と人魚」の、人魚を抱き緊めたまま濱邊に打ち上げられる若い漁夫の亡骸だけが私を魅するのかを。

勿論、私は他の子供らしいものをも十分に愛した。アンデルセンで好きなのは「夜鶯」であり、また、子供らしい多くの漫畫の本を喜んだ。しかしともすると私の心が、死と夜と血潮へむかつてゆくのを、遮げることはできなかつた。

執拗に、「殺される王子」の幻影は私を追つた。王子たちのあのタイツを穿いた露はな身裝《みなり》と、彼らの殘酷な死とを、結びつけて空想することが、どうしてそのやうに快《こころよ》いのか、誰が私に說き明してくれることができよう。ここに一つのハンガリーの童話がある。原色刷の、きはめて寫實的なその挿繪は、永いあひだ私の心を虜にした。

挿繪の王子は、黑のタイツに、その胸には金絲の刺繡を施した薔薇色の上着を着け、紅ゐの裏地をひるがへした濃紺のマントを羽織り、綠と黃金のベルトを腰に卷いてゐた。綠金の兜、眞紅の太刀、綠革の矢筒が彼の武裝であつた。その白革の手袋の左手には弓をもち、右手は森の老樹の梢にかけ、凛々しい沈痛な面持で、今しも彼に襲ひかからうと狙つてゐる龍の怖ろしい口を見下ろしてゐた。その面持には、死の決心があつた。もしこの王子が龍退治の勝利者としての運命を荷つてゐるのだとしたら、いかほど私に及ぼす蠱惑は薄らいだことであらう。しかし、幸ひなことに、王子は死の運命を荷つてゐるのだつた。

遺憾ながらこの死の運命は十全のものではなかつた。王子は妹を救ひまた美しい妖精の女王と結婚するために、七度《たび》の死の試煉に耐へるのだつたが、口に含んだダイヤモンドの魔力のおかげで、七度が七度ともよみがへり、成功の幸福をたのしむに至るのである。右の繪は第一の死――龍に嚙み殺される死――の直前の光景だつた。そののち彼は、「大きな蜘蛛につかまれて、毒の汁を體中に刺し込まれて、がつがつ喰はれ」たり、水に溺れて死んだり、火で燒かれたり、蜂や蛇に刺されたりかまれたり、大きな尖つた刀が數しれぬほど一面の切尖を並べてぎつしり植つてゐる穴に身を投じたり、「大雨のやうに」無數に降《ふ》りかかる大石に打たれて死んだりした。

「龍に嚙まれる死」の件りはわけても巨細《こさい》に、こんな風に書かれてゐた。

「龍はすぐに、がりがりと王子をかみくだきました。王子は小さくかみ切られる間は、痛くて〳〵たまりませんでしたが、それをじつとこらへて、すつかりきれぎれにされてしまひますと、またふいに、もとの體になつて、ひらりと口の中から飛び出しました。體にはかすれ傷一つついてをりません。龍は、その場へ倒れて死んでしまひました。」

私はこの箇所を百遍も讀んだ。しかし看過してはならない欠陥だと思はれたのが、「體には、かすれ傷一つついてをりません」といふ一行であつた。この一行を讀むと私は作者に裏切られたと感じ、作者は重大な過失を犯してゐると考へた。

やがて何かの加減で、私は一つの發明をした。それはここを讀むときに、「またふいに」から、「龍は」までを手で隱して讀むことだつた。するとこの書物は理想の書物の姿を具現した。それはかう讀まれた。……

「龍はすぐに、がりがりと王子をかみくだきました。王子は小さくかみ切られる間は、痛くて〳〵たまりませんでしたが、それをじつとこらへて、すつかりきれぎれにされてしまひますと、その場へ倒れて死んでしまひました。」

——かうしたカットの仕方から、大人たちは背理を讀むであらうか？ しかしこの幼ない・傲慢な・おのれの好みに惑溺しやすい檢閲官は、「すつかりきれぎれにされて」といふ文句と、「その場へ倒れて」といふ文句との、明らかな矛盾はわきまへながら、なほ、そのどちらをも捨てかねたのであつた。

一方また、私は自分が戰死したり殺されたりしてゐる狀態を空想することに喜びを持つた。そのくせ、死の恐怖は人一倍つよかつた。女中をいぢめて泣かせたりした明る朝、同じ女中が何事もなかつたやうな明るい笑顏で、朝食の給仕に現はれるのをみると、その笑顏から私はさまざまな意味を讀みとつた。それは十分な勝算から來る惡魔的な微笑としか思はれなかつた。彼女は私への復讐に、おそらく毒殺の企らみをしたのであらう。私の胸は恐怖に波立つた。きつと毒は、おみおつけに入れられたに相違なかつた。さう思はれる朝には、決しておみおつけに手をつけなかつた。そして食事をすませて座を立ちざま、「それみたことか」と謂はんばかりに、女中の顏を見つめてやることが幾度《いくど》かあつた。女は食卓のむかうで、毒殺の企圖が破れた落膽に立ちもやらず、冷《さ》めはて・いくつかの埃さへ浮いてゐる味噌汁を、殘り多げに見つめてゐるやうに思はれた。

祖母が私の病弱をいたはるために、また、私がわるい事をおぼえないやうにとの顧慮から、近所の男の子たちと遊ぶことを禁じたので、私の遊び相手は女中や看護婦を除けば、祖母が近所の女の子のうちから私のために選んでくれた三人の女の子だけだつた。ちよつとした騷音、戸のはげしい開け閉《た》て、おもちやの喇叭、角力、あらゆる際立つた音や響きは、祖母の右膝の神經痛に障《さは》るので、私たちの遊びは女の子が普通にする以上に物靜かなものでなければならなかつた。私はむしろ、一人で本を讀むことだの、積木をすることだの、恣な空想に耽ることだの、繪を描くことだのの方《はう》を、はるかに愛した。そののち妹や弟が生れると、かれらは父の配慮で、（私のやうに祖母の手には委ねられず、）子供らしく自由に育てられてゐたが、私はかれらの自由や亂暴を、さして羨ましく思ふでもなかつた。

しかし從妹の家などへ遊びにゆくと事情はかはつた。私でさへが、一人の「男の子」であることを要求された。或る從妹——杉子《すぎこ》としておかう——の家で、私が七才の早春、もう小學校入學が間近といふころにそこを訪れたとき、記念すべき事件が起つた。といふのは私を連れて行つた祖母が、私を「大きくなつた、大きくなつた」とほめそやす大伯母たちのおだてに乘つて、そこで出された私の食事に、特別の例外を許したのであつた。前にも述べた自家中毒の頻發におびえて、その年まで祖母は私に「靑い肌のお魚」を禁じてゐた。それまで私は魚といへば、平目や鰈や鯛のやうな白身《しろみ》の魚しか知らず、馬鈴薯といへば、つぶして裏漉しにかけたものしか知らず、菓子といへば、餡物は禁じられ、軽いビスケットやウエファースや干菓子ばかりで、果物などは、薄く切つた林檎や少量の蜜柑だけしか知らなかつた。はじめてたべる靑いお魚――それは鰤《ぶり》だつた――を、私は非常に滿悅して喰べた。その美味は私に大人の資格がまづ一つ與へられたことを意味してゐたが、いつもそれを感じるたびに居心地のわるさをおぼえる一つの不安――「大人になることの不安」――の重みをも、やゝ苦《にが》く私の舌先に味はせずには措かなかつた。

杉子は健康で、生命《いのち》にみちあふれた子供だつた。その家へ泊つて、一つ部屋に床を並べて寢るときなど、頭を枕に落すと同時に、まるで機械のやうに簡單に眠りに落ちる杉子を、いつまでも眠れない私は、輕い嫉ましさと嘆賞を以て見戍つた。彼女の家では、私は自分の家にゐるよりも、數層倍自由であつた。私を奪ひ去るであらう假想敵――つまり私の父母――がここにはゐないので、祖母は安心して私を自由にしておいた。家にゐるときのやうに、私をいつも目の屆く範圍以内につかまへておく必要もないのだつた。

ところが、さうされた私は、それほど自由を享樂することはできなかつた。私は病後はじめて歩きだした病人のやうに、見えない義務を强ひられてゐるやうな窮屈さを感じた。むしろ怠惰な寢床が戀しかつた。そしてここでは、私は一人の男の子であることを、言はず語らずのうちに要求されてゐた。心に染まぬ演技がはじまつた。人の目に私の演技と映るものが私にとつては本質に還らうといふ要求の表はれであり、人の目に自然な私と映るものこそ私の演技であるといふメカニズムを、このころからおぼろげに私は理解しはじめてゐた。

その本意《ほい》ない演技が私をして、「戰爭ごつこをしようよ」と言はせるのであつた。杉子ともう一人の従妹と、女二人が私の相手だつたので、戰爭ごつこはふさはしい遊びではなかつた。まして相手のアマゾーネンは氣乘薄の體《てい》だつた。私が戰爭ごつこを提唱したのも、逆の御義理、つまり彼女たちにおもねらず彼女たちを多少困らせてやらねばならぬといふ逆の御義理からであつた。

薄暮の家の內外《うちそと》で私たちはお互ひに退屈しながら不器用な戰爭ごつこをつづけた。繁みのかげから杉子がタンタンと機關銃の音を口で眞似たりした。ここらで結論をつけねばならぬと私は思つた。そして家の中へ逃げて入つて、タンタンタンと連呼しながら追ひかけてくる女兵を見ると、胸のあたりを押へて座敷のまんなかにぐつたりと倒れた。

「どうしたの、公《こう》ちやん」

――女兵たちが眞顏で寄つて來た。目もひらかず手も動かさずに私は答へた。

「僕戰死してるんだつてば」

私はねじれた恰好をして倒れてゐる自分の姿を想像することに喜びをおぼえた。自分が擊たれて死んでゆくといふ狀態にえもいはれぬ快さがあつた。たとへ本當に彈丸《たま》が中つても、私なら痛くはあるまいと思はれた。……

幼年時。……

私はその一つの象徴のやうな情景につきあたる。その情景は、今の私には、幼年時そのものと思はれる。それを見たとき、幼年時代が私から立去つてゆかうとする訣別の手を私は感じた。私の內的な時間が悉く私の內側から立ち昇り、この一枚の繪の前で堰き止められ、繪の中の人物と動きと音とを正確に模倣し、その模寫が完成すると同時に原畫であつた光景は時の中へ融け去り、私に遺されるものとては、唯一の模寫――いはばまた、私の幼年時の正確な剝製――にすぎぬであらうことを、私は豫感した。誰の幼年時にもこのやうな事件は一つ宛用意されてゐる筈だ。ただそれが、えてして事件ともいへぬやうなささやかな形をとりがちなので、氣づかれないで過ぎてしまふはうが多いだけだ。

――その光景はかうだつた。

あるとき夏祭の一團が私の家の門から雪崩《なだ》れこんだのである。

祖母は仕事師を手なづけてゐて、足のわるい自分のために、また孫の私のために、町內の祭の行列が門前の道をとほるやうに計つてもらつた。本來ここは祭の道順ではなかつたが、仕事師の頭《かしら》の手配で行列は毎年多少の迂路を敢てしながら、私の家の前をとほるのが習はしになつた。

私は家の者たちと門の前に立つてゐた。唐草模様の鐵門は左右に開け放たれ、前の甃にはきよらかに水が打たれてゐた。太鼓の音が、澱みがちに近づいてゐた。

次第に歌詞も粒立《つぶだ》つてきこえてくる木遣《きやり》の悲調が、無秩序な祭のざわめきを貫いて、この見かけの空《から》さわぎの、まことの主題ともいふべきものを告げ知らすのだつた。それは人間と永遠とのきはめて卑俗な交會、或る敬虔な亂倫によつてしか成就されない交會の悲しみを、愬へてゐるやうに思はれた。解けがたくもつれあつた音の集團は、いつしか前驅の錫杖の金屬音、太皷の澱んだとどろき、神輿のかつぎ手の雜多な懸聲などに分《わか》ち聞かれた。私の胸は、(そのころから激しい期待は喜びといふよりもむしろ苦しみであつたが)、ほとんど立つてゐられないほど息苦しく高鳴つた。錫杖をもつた神官は狐の面をかぶつてゐた。この神祕な獸の金いろの目が、私をじつと魅するやうに見詰めてすぎると、いつか私は傍らの家人の裾につかまつて、目前の行列が私に與へる恐怖に近い歡びから、折あらば逃げ出さうと構へてゐる自分を感じた。私の人生に立向ふ態度はこのころからかうだつた。あまりに待たれたもの、あまりに事前の空想で修飾されすぎたものからは、とどのつまりは逃げ出すほかに手がないのだつた。

やがて仕丁がかついだ・七五三繩を張つた賽錢箱がとほりすぎ、子供の神輿が輕兆に跳ねまはりながら行きすぎると、黑と黃金の莊嚴な大神輿が近づいた。それはすでに遠くから、頂《いただ》きの金の鳳凰がかなたこなたに漂ふ波間の鳥のやうに、どよめきにつれて眩ゆく搖れ動くさまを見ることで、一種きらびやかな不安を私たちに與へてゐた。その神輿のまはりにだけは、熱帶の空氣のやうな毒々しい無風狀態が犇めいてゐた。それは惡意のある怠惰で、若者たちの裸かの肩の上に、熱つぽく搖《ゆす》られてゐるやうに見えた。紅白の太繩、黑塗りに黃金《こがね》の欄干、そのひしと閉ざされた金泥の扉のうちには、まつくらな四尺平方の闇があつて、雲一つない初夏の晝日中に、このたえず上下左右に搖《ゆす》られ跳躍してゐる眞四角な空つぽな夜が、公然と君臨してゐるのだつた。

神輿は私たちの眼前に來た。そろひの浴衣もあらかた肌をさらしてゐる若衆たちが、神輿自身が醉ひしれてゐるやうな動きで、練りに練つた。かれらの足はもつれ、かれらの目は地上のものを見てゐるとも思はれなかつた。大きな團扇をもつた若者が、一トきは高い叫びで一群の周圍をかけめぐりながら、けしかけてゐた。神輿は時あつて、ぐらぐらと傾いた。するとまた狂ほしい懸聲がそれを立て直した。

この時、何らかの力の働らかうとする意志が、一見今までどほりに練りまはしてゐるとみえるこの一團から、私の家の大人たちに直感されたものかどうか、突然、私は私がつかまつてゐた大人の手でうしろの方《はう》へ押しやられた。「危ない！」と誰かが叫んだ。それからあとは何のことやらわからなかつた。私は手を引かれて前庭を駈けて逃げた。そして內玄關から家の中へとびこんだ。

私は誰やらと二階へ駈上つた。露臺へ出て、今しも前庭へ雪崩れ込んで來るあの黑い神輿の一團を、息をころして見た。

何の力が、かれらをこのやうな衝動に驅つたのか、のちのちまでも私は考へた。それはわからない。あの數十人の若者が、何にせよ計畫的に、私の門内へ雪崩れ込まうと考へたりすることがどうしてできよう。

植込が小氣味よく踏み躪られた。本當のお祭だつた。私に飽かれつくしてゐた前庭が、別世界に變つたのであつた。神輿は隈なくそこを練り廻され、灌木はめりめりと裂けて踏まれた。何が起つてゐるのかさへ、私には辨へがたかつた。音が中和され合つて、まるでそこには凍結した沈默と、意味のない轟音とが、交る交る訪れて來てゐるやうに思はれた。色もそのやうに、金や朱や紫や綠や黃や紺や白が躍動して湧き立ち、あるときは金が、あるときは朱が、そこ全體を支配してゐる一ト色のやうに思はれた。

が、唯一つ鮮やかなものが、私を目覺《おどろ》かせ、切なくさせ、私の心を故しらぬ苦しみを以て充たした。それは神輿の擔ぎ手たちの、世にも淫らな・あからさまな陶醉の表情だつた。……

第二章

すでにここ一年あまり、私は奇體な玩具《おもちや》をあてがはれた子供の惱みを惱んでゐた。十三才であつた。

その玩具は折あるごとに容積を増し、使ひやうによつては隨分面白い玩具であることをほのめかすのだつた。ところがそのどこにも使用法が書いてなかつたので、玩具のはうで私と遊びたがりはじめると、私は戸惑ひを余儀なくされた。この屈辱と焦躁が、時には募《つの》つて玩具を傷つけてやりたいとまで思はせることがあつた。しかし結局、甘やかな祕密をしらせ顔の不逞な玩具に私のはうから屈服し・そのなるがままの姿を無爲に眺めてゐる他はなかつた。

そこで私はもつと虛心に玩具の嚮《むか》ふところに耳を傾けようといふ氣になつた。さう思つて見てゐると、この玩具にはすでに一定の確たる嗜好・いはば秩序、が備はつてゐた。嗜好の系列は幼年時の記憶に搗《か》てて加へて、夏の海で見た裸體の青年だの、神宮外苑のプールで見た水泳の選手だの、從姉と結婚した色の淺黑い青年だの、多くの冒險小説の勇敢な主人公だのに、それからそれへと繋がつてゐた。今まで私はそれらの系列を、ほかの詩的な系列とごつちやにしてゐたのであつた。

　玩具もやはり死と血潮と固い肉體へむかつて頭をもたげた。書生が持つてゐて・ひそかに彼から貸してもらふ講談雜誌の口繪に見られる血みどろな決鬪の場面や、腹を切つてゐる若侍の繪や、彈丸を受けて齒を喰ひしばり・軍服の胸をつかんだ手のあひだから血を滴《したた》らせてゐる兵卒の繪や、小結程度のあまり肥つてゐない堅肉《かたじし》の力士の寫眞や、……さうしたものを見ると玩具は、すぐさま好奇の頭をもたげた。「好奇の」といふ形容詞が妥當を欠くなら、「愛の」と言ひかへても、「欲求の」と言ひかへてもよい。

　私の快感はこれらのことがわかるにつれ、徐々に意識的に計畫的に動きだした。選擇が行はれ、整理が行はれるにいたつた。講談雜誌の口繪の構圖が不十分であると思へば、色鉛筆でまづ模寫をして、それをもとゐに十分な修正をほどこした。それは胸にうけた銃創を抱いてひざまづいてゐるサーカスの青年や、墜落し頭蓋を割られて・顏の半ばを血にひたして倒れてゐる綱渡り師などの繪であつたが、學校にゐるあひだも、家の本箱の抽斗にしまつたこれらの殘虐な繪が發見されはすまいかといふ恐怖で、ろくすつぽ授業も耳にはいらなかつた。それが描かれて匆々破りすてることは、私の玩具のそれへの愛着から、どうにも私には出來かねたのであつた。

かうして私の不逞な玩具は、その第一次的な目的はおろか、第二次的な目的——いはゆる「惡習」のための目的——をも、遂げることを知らずに空しい月日をすごした。

私のまはりではいろんな環境の變化がおこつてゐた。私の生れた家を一家は離れて、ある町のお互に半丁と離れてゐない二軒へ、わかれわかれに移つてゐた。一方は祖父母と私、一方は父母と妹と弟が、おのおのの家族だつた。するうちに父が官命をうけて外遊し、ヨーロッパ諸國をまはつてかへつた。間もなく父母の一家だけが更に移轉した。父はこの機に私を自分の一家へ引取らうといふ遲ればせな決心にやつと到達したので、彼が「新派悲劇」と名付けたところの、祖母と私との別離の一場面を經て、父の新たな移轉先へ私も移つた。もとのところにゐる祖父母の家とは、すでにいくつかの省線の驛と市電の停留所が介在した。祖母は日夜私の寫眞を抱きしめて泣き、一週間に一度私が泊りに來るといふ條約を、私がもし破りでもすれば忽ち發作をおこした。十三才の私には六十才の深情《ふかなさけ》の戀人がゐたのであつた。

するうちに父は家族をのこして大阪へ轉任した。

ある日私は風邪氣味で學校を休まされたのをよいことに、父の外國土産の畫集を幾冊か部屋へもちこんで丹念に眺めてゐた。とりわけ伊太利諸都市の美術館の案內が、そこに見られる希臘彫刻の寫眞版で私を魅した。幾多の名畫も、裸體がゑがかれてゐる限りにおいて、黑白の寫眞版のはうが私の好みに合つた。それはおそらく、そのはうがリアルに見えるからといふ單純な理由によつてであつた。

私は今手にしてゐる畫集のたぐひを、今日はじめて見るのだつた。吝嗇な父は子供の手がそれに觸れて汚すのをいやがつて戸棚の奥ふかく隱してゐたし、（半分は私が名畫の裸女に魅せられるのを怖れたからだが、それにしても、何といふ見當違ひだ！）私は私で講談雜誌の口繪に對するほどの期待を、それらに抱いてゐなかつたからのことだつた。——私は殘り少なの或る頁を左へひらいた。するとその一角から、私のために、そこで私を待ちかまへてゐたとしか思はれない一つの畫像が現はれた。

それはゼノアのパラッツォ・ロッソに所藏されてゐるグイド・レーニの「聖《サン》セバスチャン」であつた。

チシアン風の憂鬱な森と夕空との仄暗い遠景を背に、やゝ傾いた黒い樹木の幹が彼の刑架だつた。非常に美しい青年が裸かでその幹に縛られてゐた。手は高く交叉させて、兩の手首を縛めた縄が樹につづいてゐた。その他に縄目は見えず、青年の裸體を覆ふものとては、腰のまはりにゆるやかに卷きつけられた白い粗布があるばかりだつた。

それが殉教圖であらうことは私にも察せられた。しかしルネサンス末流の耽美的な折衷派の畫家がゑがいたこのセバスチャン殉教圖は、むしろ異教の香りの高いものであつた。

何故ならこのアンティノウスにも比《たぐ》ふべき肉體には、他の聖者たちに見るやうな布致の辛苦や老朽のあとはなくて、ただ青春・ただ光・ただ美・ただ逸樂があるだけだつたからである。

その白い比ひない裸體は、薄暮の背景の前に置かれて輝やいてゐた。身自ら親衞兵として弓を引き劍《つるぎ》を揮ひ馴れた逞ましい腕が、さしたる無理もない角度でもたげられ、その髪のてうど眞上で、縛られた手首を交叉させてゐた。顏はやゝ仰向きがちに、天の榮光をながめやる目が、深くやすらかにみひらかれてゐた。張り出した胸にも、引き緊つた腹部にも、やや身を撚《よぢ》つた腰のあたりにも、漂つてゐるのは苦痛ではなくて、何か音樂のやうな物憂い逸樂のたゆたひだつた。左の腋窩と右の脇腹に箆深《のぶか》く射された矢がなかつたなら、それはともすると羅馬の競技者が、薄暮の庭樹に凭《よ》つて疲れを休めてゐる姿かとも見えた。

矢は彼の引緊つた・香り高い・青春の肉へと喰ひ入り、彼の肉體を、無上の苦痛と歡喜の焰で、内部から燒かうとしてゐた。しかし流血はゑがかれず、他のセバスチャン圖のやうな無數の矢もゑがかれず、ただ二本の矢が、その物靜かな端麗な影を、あたかも石階に落ちてゐる枝影のやうに、彼の大理石の肌の上へ落してゐた。

何はさて、右のやうな判斷と觀察は、すべてあとからのものだつた。

その繪を見た刹那、私の全存在は、或る異教的な歡喜に押しゆるがされた。私の血液は奔騰し、私の器官は憤怒の色をたたへた。この巨大な・張り裂けるばかりになつた私の一部は、今までになく激しく私の行使を待つて、私の無知をなじり、憤《いきどほ》ろしく息づいてゐた。私の手はしらずしらず、誰にも教へられぬ動きをはじめた。私の内部から暗い輝やかしいものの足早に攻め昇つて來る氣配が感じられた。と思ふ間《ま》に、それはめくるめく酩酊を伴つて迸つた。……

——やや時すぎて、私は自分がむかつてゐた机の周圍を、傷ましい思ひで見まはした。窓の楓は、明るい反映を、私のインキ壺や、教科書や、字引や、畫集の寫眞版や、ノート・ブックの上にひろげてゐた。白濁した飛沫が、その教科書の捺金の題字、インキ壺の肩、字引の一角などにあつた。それらのあるものはどんよりと物憂げに滴《した》たりかかり、あるものは死んだ魚類の目のやうに鈍く光つてゐた。……幸ひ畫集は、私の咄嗟の手の制止で、汚されることから免かれた。

これが私の最初の *ejaculatio* であり、また、最初の不手際な・突發的な「惡習」だつた。

（ヒルシュフェルトが倒錯者の特に好む繪畫彫刻類の第一位に、「聖セバスチャンの繪畫」を擧げてゐるのは、私の場合、興味深い偶然である。このことは、倒錯者、殊に先天的な倒錯者にあつては、倒錯的衝動とサディスティックな衝動とが、分ちがたく錯綜してゐる場合が壓倒的であることを、推測させるのに好都合である。

聖セバスチャンは三世紀中葉に生れ、のち羅馬軍隊の親衞兵長になつて、卅才あまりの短生涯を、殉教によつて閉ぢたと傳へられる。彼の死の年・紀元二八八年は、ディオクレチャヌス帝の治世である。成り上り者で苦勞人のこの皇帝は獨特な溫和主義を以て欣慕されたが、副帝マキシミアンの基督教嫌ひが、基督教的平和主義に則つて徴兵を忌避したアフリカ青年マキシミリエーナスを死刑に處した。百人隊長マーセラスの死刑も同様の宗教的操持に據つてゐた。聖セバスチャンの殉教は、このやうな歴史的背景の下に理解される。

親衛兵長セバスチャンはひそかに基督教に歸依し、獄中の基督教徒を慰め、市長その他を改宗させてゐた行動が露はれて、ディオクレチャヌスから死刑の宣告を受けた。無數の矢を射込まれて放置された彼の屍を、埋葬するために來た敬虔な一寡婦が、彼の體がまだ溫か味を保つてゐるのを見出だした。介抱の結果、彼は蘇生した。しかし忽ち皇帝に楯つき、かれらの神々を冒瀆する言葉を吐いたので、今度は棍棒で撲殺された。

この傳說の蘇生の主題は、「奇蹟」の要請に他ならぬ。あの無數の矢創から、どのやうな肉體がよみがへるといふのか！

私は、私の官能的な激甚な歡びが、いかなる性質のものであつたかを、もつと深く理解されたいために、私がはるか後年になつて作つた未完の散文詩を左に掲げる。

聖セバスチャン（散文詩）

ある時私は教室の窓から風に揺れてゐる一本のあまり丈高からぬ樹を見出だした。見てゐるうちに、私の胸は鳴つて來た。それは驚くべく美しい樹だつた。芝生の上にそれが丸みを帯びた端正な三角形を築いてをり、燭臺のやうに左右相稱にさしのべた幾多の枝がその重たげな綠を支へ、その綠の下には暗い黒檀の臺座のやうな・ゆるぎない幹がのぞかれた。完成され巧緻をつくし、しかも「自然」のあの優雅な投げやりの氣分をも失はずに、その樹は彼自ら彼の創造者であるかのやうな明るい沈默を守つて立つてゐた。それはまた、たしかに作品であつた。そしておそらくは音樂の。室內樂のために書かれた獨乙の樂匠の作品。聖樂ともいふべく宗教的な物靜かな逸樂が綴織の壁掛の圖柄ほどに嚴《いか》めしさとなつかしさに充ちてきかれる音樂。……

だからまた、樹の形態と音樂との類似が私にとつて何らかの意味をもち、その二つが結ばれて一層強く深いものとなつて私を襲つた時、この言ひがたい靈妙な感動は、少くとも抒情的なそれではなく、宗敎と音樂との交渉に見られるやうな、あの暗い酩酊のたぐゐであつたとしても不思議はない。「この樹ではなかつたか？」――突然私は心に問うた。「若い聖者が後ろ手に縛しめられ、その幹に雨後の滴のやうに聖い夥しい血をしたたらせた樹は。末期の苦しみにもえさかるその若い肉を、（それはおそらく地上のあらゆる快樂や惱みの最後の證跡）、彼が荒々しくすりつけて身悶えした羅馬の樹は？」

殉敎史の傳へるところによると、かのディオクレチャヌスが登極後の數年間、遮ぎるものとてない鳥の飛翔のやうな無縫の權力を夢みてゐたとき、かつてアドリヤン帝によつて愛された名高い東方奴隷を思はせるしなやかな體軀と、海のやうな非情な反逆者の眼差とを兼ねそなへた近衞兵の若い長《をさ》が、禁斷の神に仕へた罪を問はれて捕へられた。彼は美しく倨傲だつた。彼の兜には町の娘たちが朝每に贈る白い百合の一輪が挿されてゐた。百合がはげしい練兵の休息時に、彼の男々しい髮の流れに沿ひ、優雅にうつむいて挿されたさまは、白鳥の頂《うなじ》を宛らだつた。

誰一人彼がどこで生れどこから來たか知る者はなかつた。しかし人々は豫感してゐた。この奴隷の體軀と王子の面差《おもかげ》を持つた若者は、過ぎ去りゆく者としてここへ來たことを。このエンデュミオンは羔《こひつじ》の牧人であることを。彼こそはどこの牧場《まきば》よりも綠濃い牧場の牧人に選ばれた者であることを。

また彼が海から來たといふ確信を幾人《いくたり》かの娘は抱《いだ》いてゐた。彼の胸には海の高鳴りが聞かれたために。彼の目には海邊《うみべ》に生れそこを離れねばならなかつた人の瞳の奥に、形見にと海が與へる神祕の・消えやらぬ水平線がうかんでゐたために。彼の吐息は眞夏の潮風のやうに熱く、打ちあげられた海草の匂ひがしたために。

セバスチャン――若い近衞兵の長《をさ》――が示した美は、殺される美ではなかつたらうか。羅馬の血潮したたる肉の旨味と骨をゆるがす美酒の味はひに五感を養はれた健やかな女たちは、彼自身のまだ知らない凶々《まがまが》しい運命をはやくも覺《さと》つて、その故に彼を愛したのではなかつたらうか。彼の白い肉の內側を、遠からずその肉が引裂かれるとき隙間をねらつて迸り出ようとうかゞひながら、血潮は常よりも一層猛々しく足早に流れめぐつてゐた。かかる血潮のはげしい希ひを女たちがどうして聽かなかつた筈があらう。薄命ではない。決して薄命ではなかつた。もつと不遜な凶々《まがまが》しいものだつた。輝やかしいとも云へるほどのものだつた。

たとへば甘美な接吻のたゞなかにも幾たびか、生きながらの死苦が彼の眉をよぎつたかもしれないのだ。

彼自身もまたおぼろげに豫知してゐた。彼の行手にあつて彼を待つものは殉敎に他ならないことを。凡俗から彼を分け隔てるものはこの悲運のしるしに他ならぬことを。

――さて、その朝、セバスチャンは繁忙な軍務に强ひられて夜のひきあけに床を蹴つて起きた。彼がその拂曉に見た一つの夢、――といふのは不吉な鵲が彼の胸に群がつて、羽搏く翼で彼の口を覆うた夢――は、まだ枕上《がみ》を去らなかつた。しかし彼が夜毎に身をよこたへる粗末な寢床は、夜毎にそれが彼を海の夢へと誘ふであらう・打ち上げられた海草の匂ひを放つてゐた。彼は窓邊に立つてうるさく軋む音を立てる鎧を着ながら、かなたの神殿をめぐる森の中空《なかぞら》に、マッザーロースの星團が沈むのを見た。この異端の壯麗な神殿を眺めやると、彼の眉宇にはそれが最も彼にふさはしい・殆ど苦痛にちかい侮蔑の表情がうかんで來た。彼は唯一神の御名《みな》を稱へ、畏るべき聖句の二、三を口ずさんだ。するとその微かな音聲《おんじやう》を幾萬倍にしてかへす谺かとばかり、たしかに神殿の方角から、星空を區切る圓柱列のあたりから、物々しく響きわたる呻き聲がきこえてきた。星空をとよもして何か異樣な堆積の崩れかかるやうな物音であつた。彼は微笑した。それから目を下へ向けて、曉闇のなかをいつものやうに、まだ眠つてゐる百合を手に手にかざして、朝の禱りのために祕かに彼の住居へ上つてくる娘たちの一群を見た。……)

中學校二年生の冬が深まさつた。長ズボンにも、お互ひを呼捨てにする習慣にも、(初等科時代はお互ひに「さん」づけで呼ぶことが先生から命じられてゐた。また夏のさかりでさへ膝を露はにする靴下を穿いてはならなかつた。長ズボンを穿くやうになつて最初のよろこびは、もう二度とあの強《きつ》い靴下留が腿を締めつけないといふことだつた。)、先生を馬鹿にする美風にも、喫茶部での奢らせ合ひにも、學校の森をかけめぐるジャングル遊びにも、寮生活にも私たちは馴れてゐた。ただ寮生活だけは私には未知だつた。といふのは殆んど强制的な中等科一二年の寮生活から、私の病弱を楯に、大事取りの兩親が私を除外してもらつたからである。又しても最大の理由は、私が惡いことをおぼえるといけないといふあの一項に盡きた。

自宅通學の學生は僅かだつた。二年の最終學期から、その僅かな一團に新入りが一人加はつた。近江だつた。彼は何か亂暴な振舞で寮を追ひ出されて來たのであつた。それまでさして彼に注意を拂はなかつた私が、いはゆる「不良性」のれつきとした烙印がこの追放で彼に押されるにいたつて、俄かに彼の姿から目を離しにくくなるのだつた。

「ふふ」と人の好い肥つた友達が、私のところへ笑窪《ゑくぼ》をうかべて寄つて來た。さういふ時の彼は祕密の報道を握つてゐるにきまつてゐた。「いい話があるんだけどな」

私はスチームのそばを離れた。

人の好い友達と廊下へ出て、風が吹き荒らしてゐる弓場《ゆみば》の見下ろされる窓に凭つた。そこが大抵私たちの密談の場所だつた。

「近江《あふみ》はね……」——友達は言ひにくさうにしてもう顔を赤らめた。この少年は初等科の五年のころ、あのことの話を皆がしてゐると、言下に否定して、その言草がよかつた。『そんなこと絶對に嘘だよ。僕ちやんと知つてるんだから』彼は又、友達の父が中風にかかつたときいて、中風は傳染病だからあの友達にもあまり近づかないはうがよいと私に忠告した。

「近江《あふみ》がどうしたのさ」——家ではあひかはらず女言葉を使つてゐるくせに、私は學校へゆくといつぱしの粗雜な物言ひをした。

「これ本當だぜ。近江の奴、『經驗者』なんだつてさあ」

さもあるべきことだつた。彼はもう二三回落第してゐる筈で、骨骼は秀で、顔の輪廓には私たちを拔ん出る何か特權的な若さが彩られてゐた。彼の故ない侮蔑の天性は氣高《けだか》かつた。彼にかかつては侮蔑に價ひしないものは何一つなかつた。優等生は優等生であることのために、敎師は敎師であることのために、巡査《おまはり》は巡査《おまはり》であることのために、大學生は大學生であることのために、會社員は會社員であることのために、彼に侮蔑の目で見られ・

せせら笑はれても致し方がなかつた。

「へーえ」

私は何故だかしらないが、教練の小銃の手入れに近江が器用な腕をみせることを咄嗟に聯想した。教練の教師と體操の教師とにだけは破格に愛され優遇される彼の、小粋《こいき》な小隊長姿が思ひ出された。

「だからね……だからさ」——友達は中學生にだけわかるキッキッといふ淫蕩な忍び笑ひを洩らした。「あいつのあれ、とても大きいんだつてさ。今度『下司ごつこ』のときさはつてごらん。さうしたらわかるから」

——『下司ごつこ』といふのはこの學校で中學一二年のあひだに必ず蔓延する傳統的な遊びであり、本當の遊びがさうであるやうに、遊びといふよりむしろ疾病に似てゐた。眞晝間、衆目のさなかで、それは行はれた。誰か一人がぼんやり立つてゐる。すると他の一人がすつと横から竊ひ寄つて、狙ひをつけて手をのばした。うまくつかむと、勝利者は遠くへ逃げておいて、それから囃し立てた。

「大《でつ》けえなあ、Aのやつ、大《でつ》けえなあ」

この遊びはそれを促す衝動がどうあるにもせよ、小脇にかかへた教科書も何もおつぽり出して狙はれた個所を兩手で禦《ふせ》ぐ・被害者の恰好の可笑しさを、見るためにだけ存在するやうに思はれた。しかし嚴密に言ふと、かれらはそこに、笑ひによつて解放された・自分たちの羞恥を見出だして、被害者の頰の赤らみに具現される共通の羞恥を、一段と高い笑ひの足場から嘲ることに滿足を感じてゐるのだつた。

被害者は申し合はせたやうにかう叫んだ。

「あつ、Bつたら下司《げす》だなあ」

すると周圍のコーラスが之に和した。

「あつ、Bつたら下司だなあ」

——近江《あふみ》はこの遊戲の得手《えて》であつた。攻擊は迅速に、大てい成功を以て終つた。ともするとと彼の攻擊を、誰もが暗默に心待ちにしてゐるのではないかと思はれるふしがあつた。その代りに彼は實に屢々、被害者からの復讐に見舞はれた。誰の復讐も功を奏しなかつた。

彼はしじふポケットへ手を入れて歩いてゐたが、伏兵が迫ると同時に、ポケットの中の片手と、外《そと》からの片手とで、二重の鎧を咄嗟に築いた。

あの友達の言葉が、私の内部に何か毒々しい雑草のやうな想念を培つた。これまで私は他の友達と同じやうに、至極無邪氣な氣持で下司ごつこに加はつてゐたのであつた。しかしあの友達の言葉が、私自身無意識にきびしく辨別してゐたあの「惡習」——私のひとりきりの生活——とこの遊戯——私の共通の生活——とを、避けがたい關聯の上へ置くやうに思はれた。それは「さはつてごらん」といふ彼の言葉が、他の無邪氣な友達には理解されない格別の意味合ひを、俄かに・否應なしに・私の中へ裝塡したことで確かめられた。

それ以來、私は「下司ごつこ」に加はらなかつた。私は私が近江《あふみ》を襲ふことになる瞬間を怖れだし、それよりも近江が私を襲ふであらう瞬間をより多く怖れた。遊戯が勃發しさうな氣配がうかがはれると、（事實この遊戯の突發する具合は、暴動や叛亂の、何氣《げ》ないきつかけから起る具合に似てゐた）、私は群を避け、遠くのはうから、ただ近江《あふみ》の姿だけを目ばたきもせずに見た。

……とはいふものの近江の感化は、私たちがそれと意識しない以前から、すでに私たちを犯しはじめてゐた。

たとへば、靴下だつた。當時すでに軍人向敎育が私の學校をも侵蝕し、名高い江木將軍の「質實剛健」の遺訓が蒸し返されて、派手なマフラーや靴下は禁じられてゐた。マフラーは不可、シャツは白、靴下は黑、少くとも無地、と決められた。しかし近江一人は白絹のマフラーと、派手な模樣入りの靴下を欠かさなかつた。

この禁制への最初の反逆者は、彼の惡を、叛逆といふ美名に置きかへるふしぎな手練の持主だつた。叛逆といふ美學に少年たちがいかに弱いか、彼は身を以てそれを見拔いてゐた。馴れ合ひの敎練の敎師――この田舍者の下士官はまるで近江《あふみ》の子分であるかのやうだつた――の前で、わざとゆつくり白絹のマフラーを首に卷き、金釦のついた外套の襟をナポレオン風に左右に開《あ》けて着てみせた。

しかし衆愚の叛逆は、いつの場合もけちけちした模倣にすぎない。出來ることならそれが結果する危險は避けて、叛逆の美味ばかりを味はひたさに、私たちは近江の叛逆から、派手な靴下のそれだけを剽竊した。私もその例に洩れなかつた。

朝、學校へ行くと、授業のはじまる前のさわがしい敎室で、私たちは椅子に腰かけずに机に腰かけて喋つた。派手な靴下を新柄《しんがら》に穿きかへて來た朝は、小粋《こいき》にズボンの線をつまみあげて机に腰掛けた。すると忽ち目ざとい嘆聲がそれに報いた。

「あつ、氣障《きざ》な靴下!」

——氣障といふ言葉にまさる讃辭を私たちは知らなかつた。しかしから言ふと、言ふはうも言はれるはうも、整列間際にならなければ現はれない近江《あふみ》の・あの傲岸な眼差を思ひ泛べるのだつた。

雪晴れのある朝、私は大そう早く學校へ行つた。友だちが電話をかけてよこして、あしたの朝雪合戰をしようと言つて來たからだつた。あしたに期待が持ち越されるその晩は、寢つかれない性質《たち》の私なので、翌朝早すぎた目ざめをそのままに、時間にかまはず學校へ出かけた。

靴がやうやく埋《うも》れる程度の雪だつた。陽が昇りきらないうちは、景色は雪のために美しくはなく陰慘にみえた。街の風景の傷口をかくしてゐる薄汚れた繃帶のやうにそれがみえた。街の美しさは傷口の美しさに他ならないからだ。

學校前の驛が近づくにつれて、私はまだ空《す》いてゐる省線電車の窓から、工場街のむかうに日が昇るのを見た。風景は喜色にみちた。不吉にそそり立つ煙突の縦列や、單調なスレート屋根の暗い起伏が、旭にてらされた雪の假面のけたたましい笑ひの蔭におびえてゐた。この雪景色の假面劇は、えてして革命とか暴動とかの悲劇的な事件を演じがちだ。雪の反映で蒼ざめた行人の顏色も、何かしら荷擔人《かたうど》じみたものを思はせる。

私は學校前の驛に下りたとき、驛の傍らの運送會社の事務所の屋根からはやくも雪融けの音が流れおちるのをきいた。それは光が落ちてくるとしか思はれなかつた。靴が運んだ泥で塗りたくられたコンクリートの贋の泥濘《ぬかるみ》へ、次々と喚聲をあげながら、光が身を投げ墜死するのだつた。一つの光は私の頸筋へあやまつて身を投げた。……

校門のなかはまだ誰もあるいた跡がなかつた。ロッカー室も鍵がかかつてゐた。

二年生の一階の教室の窓をあけて私は森の雪を眺めた。森の斜面を、學校の裏門からこの校舍へむかつて昇つてくる一本の徑があつた。雪に印された大きな足跡がその徑を昇つて窓の下までつづいてゐた。足跡は窓のところで引返し、左方斜めに見える科學教室の建物のうしろへ消えてゐた。

誰かもう來てゐるのだつた。裏門から昇つて來て、教室の窓をのぞいて、誰も來てゐないので、彼は科學教室の裏手のはうへ一人で歩いて行つたのに相違ない。裏門から通學する學生は殆どなかつた。その一人である近江《あふみ》は、女の家から通つてゐるのだと噂されてゐた。しかし整列間際にならなければ姿を見せない筈の彼だつた。彼でないとすると見當がつかず、この大きな靴跡を見れば、彼としか思へなかつた。

私は窓から身を乘り出して、瞳を凝らしてその靴跡にある若々しい黒土の色を見た。それは何か確乎とした・力にみちた足跡のやうに思はれた。言はうやうない力が、私をその靴跡へ惹きつけた。體を逆さにそこへ落ちかかり、その靴跡へ顔を埋めたいと思つた。しかし私の遲鈍な運動神經が例のごとく私の保身に利したので、私は鞄を机におくとのろのろと窓枠へ這ひ上つた。制服の胸のホックが、石造の窓枠に押しつけられざま、私の弱い肋《あばら》とすれあつて、一種の悲哀の甘さが混る痛みをそこに與へた。窓を超えて雪の上へとび下りたとき、その輕い痛みは私の胸を快く引きしめ、私をわななくやうな危險な情緒でみたした。自分のオーヴァー・シューズをそつとその靴型にあてがつた。

大きくみえた靴跡はほとんど私のと同じなのだつた。私は足跡の主も、當時私たちの間に流行つてゐたオーヴァー・シューズを穿いてゐるだらうことを忘れてゐた。してみるとその足跡は、近江のではないやうに思はれた。――とはいふものの、黒い靴跡を辿つてゆくことは、私の當面の期待が裏切られるかもしれないといふ不安の期待に於てすら、何かしら私を魅するものだつた。近江《あふみ》はこの場合私の期待の一部にすぎず、私より先に來て雪に足型をつけて行つた人間への、或る犯された未知に對する復讐的な憧れが、私を捕へてゐたのかもしれない。

息をはづませて私は靴跡を追つた。

飛び石をとぶやうに、あるところは黒々としたつややかな土の、あるところは枯芝の、あるところは汚れた固い雪の、あるところは石疊の、靴型を傳つて歩いた。するといつのまにか、私は私自身が近江の大股な歩き方とそつくりの歩き方になつてゐるのを見出だした。

科學教室の裏手の日蔭をすぎると、廣濶な競技場の前の高臺に私はゐた。三百米の楕圓のコースも、それに圍まれた起伏の多いフィールドも、分《わか》ちなく輝やかしい雪に包まれてゐた。フィールドの一角に二本の欅の巨樹が寄り添うてをり、そのながながとさしのべた朝影は、雪景色に、何か偉大さの犯さずにはおかない朗らかな誤謬とでも謂つた意味合ひを添へてゐた。巨樹は青い冬空と下からの雪の反映と側面の朝陽とで、プラスティックな緻密さを以て聳え立ち、枯れた梢や幹のわかれ目から、砂金のやうな雪を時折ずりおとしてゐた。そのさもあらぬ音までがひろびろと谺を返すほどに、競技場の彼方に並ぶ少年寮の棟々やそれにつづく雜木林は、まだ眠りのなかに身じろがないでゐる樣子だつた。

私はこの展開のまばゆさに、一瞬何ものをも見なかつた。雪景色はいはば新鮮な廢墟だつた。古代の廢墟にしかありえない無邊際な光りと輝やきが、この層の喪失の上に訪れてゐるのだつた。かうして廢墟の一隅、ほぼ五米幅のコースの雪に、巨大な文字がゑがかれてゐた。いちばん手近な大きな輪はOだつた。そのむかうにはMがあり、そのかなたに横一文字の長大なIがゑがかれかかつてゐた。

近江《あふみ》であつた。私の辿つて來た足跡が、Oへ、更にOからMへ、Mからは、Iの半ばに立ち・白いマフラーの上に俯向きがちに・外套のポケットに兩手をつつこんで・今し彼のオーヴァー・シューズを雪の上に引摺つてゐる近江《あふみ》の姿に達してゐた。彼の影は、フィールドの欅の影と平行して、傍若無人に思ふさま雪の上に伸びてゐた。

私は頰をほてらせながら手袋で雪を固めた。

雪つぶてが投げられた。それは屆かなかつた。しかしIの字を書き終へた彼が、おそらく何氣なしに、私のはうへ視線を向けた。

「おーい」

近江がおほかた不機嫌な反應をしか示さないだらうといふ懸念はありながら、私は得體のしれぬ熱情に促され、さう叫ぶやいなや高臺の急坂を駈け下りてゐた。すると思ひがけない・彼の力に充ちた親しげな叫びが私に向つてひびいてきた。

「おーい。字を踏んぢやだめだぞう」

たしかに今朝の彼は、いつもの彼とはちがつてゐるやうに思はれた。家へかへつても絶對に宿題をやらず教科書類はロッカーに置きつ放しの彼は、外套のポケットに兩手をつつこんで登校し、手際よく外套を脱ぐと時間かつかつに整列の尻に加はるのが常だつたが、今朝に限つてこの早朝から、一人ぼつちで時間をつぶしてゐるばかりか、日頃は子供扱ひにして涕も引つかけない私を、彼獨特の親しげでゐて粗暴な笑顔で迎へてゐてくれるとは！　どんなにこの笑顔を、この若々しい白い齒並を、私は待つてゐたことであらう。

しかしこの笑顔が近づくにつれてはつきり見え出すと、私の心は今しがた「おーい」と呼んだときの熱情も置き忘れ、居たたまれない氣おくれに閉ざされた。理解が私を遮げるのだつた。彼の笑顔が『理解された』といふ弱味をつくろふためのものであらうことが、私を、といふよりは、私が描いて來た彼の影像を傷つけるのだつた。

私は雪にゑがかれた巨大な彼の名ＯＭＩ《おふみ》を見た刹那、彼の孤獨の隅々までを、おそらくは半ば無意識裡に了解した。彼がこんなに朝早くから學校へ出て來たことの、その彼自身も深くは知るまい本質的な動機をも。——私の偶像が今私の前に心の膝を屈して、『雪合戰のために早く來たんだ』なぞと弁解をしてくれたなら、私は彼の喪はれた衿りよりももつと重要なものを私の中から喪ふ筈だつた。こちらから切り出さねばと私は焦躁した。

「今日はもう雪合戰は無理だね」とたうとう私が言つた。「もつと降ると思つたのに」

「うん」

　彼は白けた顏つきになつた。その頑丈な頰の線はまた固くなり、私への一種痛ましい蔑みが泛つた。彼の目は私を子供だと思はうとする努力で、又しても憎體《にくてい》に輝きだした。彼の雪の文字について私が何一つ訊《き》き質《たた》さなかつたことを彼の心の一部が感謝してゐる、その感謝に抵抗しようとしてゐる彼の苦痛が私を魅した。

「ふん、子供みたいな手袋をしてゐやがる」

「大人だつて毛絲の手袋をしてゐるよ」

「可哀さうに、革の手袋のはめ心地を知らねえんだらう、――そうら」

彼は雪に濡れた革手袋をいきなり私のほてつてゐる頬に押しあてた。私は身をよけた。頬になまなましい肉感がもえ上り、烙印のやうに殘つた。私は自分が非常に澄んだ目をして彼を見つめてゐると感じた。

――この時から、私は近江《あふみ》に戀した。

それは、さういふ粗雜な言ひ方が許されるとすれば、私にとつて生れてはじめての戀だつた。しかもそれは明白に、肉の欲望にきづなをつないだ戀だつた。

私は夏を、せめて初夏を待ちこがれた。彼の裸體を見る機會を、その季節がもたらすやうに思はれた。更に私は、もつと面伏《おもぶ》せな欲求を奥深く抱いてゐた。それは彼のあの「大きなもの」を見たいといふ欲求だつた。

二つの手袋が私の記憶の電話で混線するのだつた。この革の手袋と、次に述べる式日の白手袋と、どちらかが記憶の眞實で、どちらかが記憶の噓だと思はれた。彼の粗野な顏かたちには、革の手袋のはうがふさはしいかもしれなかつた。またしかし、彼の粗野な顏かたちゆゑに、白手袋のはうが似合ひのものかもしれなかつた。

粗野な顏かたち。――と謂つたところでそれはありふれた青年の顏が、少年たちの間にたつた一人まじつてゐることの印象にすぎなかつた。骨格こそ秀でたれ、彼の背丈は私たちの間でいちばん高い學生よりも餘程低かつた。ただ海軍士官の軍服めいた私の學校のいかつい制服は、少年の成長しきらぬ體では、ややもすれば着こなしかねるのを、近江《あふみ》一人は自分の制服に充實した重量感と一種の肉感を湛《たた》へてゐた。紺サージの制服の上からそれと窺はれる肩や胸の肉を、嫉妬と愛のこもつた目で見てゐる者は、私一人ではない筈だつた。

彼の顏には何か暗い優越感と謂つたものがしじふ浮んでゐた。それは多分傷つけられるにしたがつて燃え上る種類のものだつた。落第、追放、……これらの悲運が、彼には挫折した一つの意慾の象徴のやうに思はれるらしかつた。何の意慾？　私には漠然と、彼の

「悪」の魂が促す意慾があるに違ひないと想像された。そしてこの廣大な陰謀は、彼自身にすらまだ十分には識られてゐないものに相違なかつた。

どちらかといふと丸顔の淺黑い頰には不遜な顴骨がそびえ、形のよい・肉の厚い・高すぎない鼻の下に、小氣味よく糸で括《く》けたやうな唇と逞しい顎とがあるその顏には、全身の充溢した血液の流れが感じられた。そこにあるのは一個の野蠻な魂の衣裳だつた。誰が彼から「內面」を期待しえたらう。彼に期待しうるものは、われわれが遠い過去へ置き忘れて來たあの知られざる完全さの模型だけであつた。

氣まぐれに、彼が私の讀んでゐる・年に似合はぬ賢しげな書物をのぞきに來ることがあつた。私はたいていあいまいな微笑でその本を隱した。羞恥からではなかつた。彼が書物なんかに興味を持つこと、そこで彼が不手際を見せること、彼が自分の無意識な完全さを厭《いと》ふやうになること、かうしたあらゆる豫測が私には辛《つら》いからだつた。この漁夫がイオニヤの鄕國を忘れることが辛《つら》いからだつた。

授業中も、運動場でも、たえず彼の姿をと見かう見してゐるうちに、私は彼の完全無欠な幻影を仕立ててしまつた。記憶のなかにある彼の影像から何一つ欠點を見出だせないのもそのためだ。かうした小說風な抒述に不可欠な・人物の或る特徵、或る愛すべき癖、それを拾ひ上げることでその人物を生々とみせる幾つかの欠點、さういふものが何一つ、記憶のなかの近江からは引き出せない。その代り私は、近江から別の無數のものを引き出してゐた。それはそこにある無限の多樣さと微妙なニュアンスだ。つまり私は彼から引き出したのだつた。およそ生命の完全さの定義を、彼の眉を、彼の額を、彼の目を、彼の鼻を、彼の耳を、彼の頰を、彼の頰骨を、彼の唇を、彼の顎を、彼の頸筋を、彼の咽喉を、彼の血色《けつしよく》を、彼の皮膚の色を、彼の力を、彼の胸を、彼の手を、その他無數のものを。

それをもとゐに、陶汰が行はれ、一つの嗜好の體系が出來上つた。私が智的な人間を愛さうと思はないのは彼ゆゑだつた。私が眼鏡をかけた同性に惹かれないのは彼ゆゑだつた。私が力と、充溢した血の印象と、無智と、荒々しい手つきと、粗放な言葉と、すべて理智によつて些かも蝕ばまれない肉にそなはる野蠻な憂ひを、愛しはじめたのは彼ゆゑだつた。

――ところがこの不埒な嗜好は、私にとつてはじめから論理的に不可能を包んでゐた。およそ肉の衝動ほど論理的なものはない。理智をとほした理解が交はされはじめると、私の欲望は忽ち衰へるのだつた。相手に見出されるほんの僅かな理智ですら、私に理性の價値判斷を迫るのだつた。愛のやうな相互的な作用にあつては、相手への要求はそのままこちら自身への要求となる筈だから、相手の無智をねがふ心は、一時的にもせよ私の絕對的な「理性への謀反《むほん》」を要求した。それはどのみち不可能だつた。そこで私はいつになつても、理智に犯されぬ肉の所有者、つまり、與太者・水夫・兵士・漁夫などを、彼らと言葉を交はさないやうに要心しながら、熱烈な冷淡さで、遠くはなれてしげしげと見てゐる他はなかつた　言葉の通じない熱帶の蠻地だけが、私の住みやすい國かもしれなかつた。蠻地の煮えくりかへるやうな激烈な夏への憧れが、さういへばずゐぶん幼いころから、私の中に在つた。……

さて白い手袋だつた。

私の學校では式日に白手袋をはめて登校する習はしであつた。貝の釦が手首に沈鬱に光り、手の甲には瞑想的な三本の線を縫ひとつた白手袋は、それをはめただけで、式が行はれる講堂の仄暗さや、かへりに貰ふ鹽瀬の菓子折や、何か一日が中途から明るい音を立てて挫折するやうな快晴の式日の印象を思ひ出させた。

冬の祭日、それはたしか紀元節だつた。その朝もめづらしく早く近江は學校へ出て來てゐた。

整列の時間には間《ま》があつた。校舍のわきの遊動圓木から一年生どもを追ひ拂ふのが、二年生の冷酷なたのしみだつた。遊動圓木みたいな子供らしい遊びは輕蔑してゐるくせに、お腹の中ではまださういふ遊びに未練のある二年生が、一年生を無理に追拂ふことで、その遊びを何か本氣でなく・あてつけ半分にやつてゐると見せかける體裁のよさをも、併せ得るわけだつた。一年生たちは遠くのはうから輪をつくつて、二年生同志の、多少見物を意識した亂暴な勝負を眺めてゐた。適度に搖れてゐる遊動圓木から墜落させ合ふ勝負であつた。

まるで追ひつめられた刺客と謂つた風の身構へで、近江はその中央に兩足を踏まへ、たえず新しく敵に目を配つてゐた。彼にかなふ同級生はなかつた。すでに何人かが遊動圓木へとび上り、彼の敏捷な手に薙ぎ倒されて、朝陽にきらめきだした霜柱を踏み砕いた。そのたびに近江は拳鬪選手がやるやうに、兩手の白手袋を額《ひたひ》のあたりで握り合せ、愛嬌をふりまいた。一年生は彼に追ひ拂はれたのも忘れて喝采した。

私の目は彼の白手袋の手を追つた。それは精悍に、また奇妙に的確にうごいてゐた。狼か何かの若い獸の手のやうだつた。ときどきその手は冬の朝の空氣を矢羽根のやうに切つて、敵の脇腹へ叩きつけられた。落された相手は霜柱に腰を突くこともあつた。叩き落した刹那に傾く身の重心をとりかへさうと、近江はうすくきらめく霜に辷りやすい圓木《まるき》の上で、悶えるやうな恰好を時偶《ときたま》した。しかし彼のしなやかな腰の力が、ふたたび彼をあの刺客めいた身構へに引き戻した。

遊動圓木は無表情に、亂れのない波動を左右へ移してゐた。

……見てゐるうちに、ふとして私は不安に襲はれた。居ても立つてもゐられない不可解な不安であつた。遊動圓木の搖れ方から來る目まひに似てゐて、さうではなかつた。いはば精神的な目まひ、私の內なる均衡が彼の危ふい一擧一動を見ることで破られかかる不安かもしれなかつた。この目まひのなかにはなほ、二つの力が覇を爭つてゐた。自衞の力と、もう一つはもつと深く・もつと甚だしく私の內なる均衡を瓦解させようと欲する力と。この後《あと》のものは、人がしばしば意識せずにそれに身を委ねることのある・あの微妙な・また隱密《おんみつ》な自殺の衝動だつた。

「何だい。弱虫ばつかり揃つてゐやがるなあ。もうゐないのかい」

近江は遊動圓木の上で輕く體を左右へ搖りながら白手袋の兩手を腰にあててゐた。帽子の鍍金の徽章が朝陽に光つた。私はこんなに美しい彼を見たことがなかつた。

「僕がやるよ」

私は自分がさう言つてしまふであらう瞬間を、次第に募る動悸で正確に測つてゐた。私が欲望に負ける瞬間はいつもかうだつた。私がそこへ行き、そこに立つだらうことが、私には避けがたい行動といふよりも予定の行動のやうに思はれるのだつた。後年、だから私は自分のことを、「意志的な人間」だと見まちがへたりした。

「よせ、よせ、負けるにきまつてら」

私は嘲りの歓聲に送られて端《はし》のはうから遊動圓木へ上つて行つた。上らうとして足を辷らしかけると、皆がまたわいわいと囃したてた。

近江はおどけた顔をして私を迎へた。彼はせい一杯道化けてみせ、足を辷らせる眞似をしてみせたりした。また、手袋の指先をひらひらさせて私をからかつた。私の目に、それはともすると私に突き刺さる危険な武器の切尖のやうにみえた。

私の白手袋と彼の白手袋が、幾度か平手を打ち合つた。そのたびに私は彼の掌の力に押されて身を泳がせた。彼は私を心ゆくまでなぶりものにするつもりか、私の敗北が早すぎないやうに、故《ことさ》ら力を加減してゐる様子が見てとれた。

「ああ危ねえ、君全く强《つえ》えなあ、僕はもう負けたよ、もうすぐ落ちるよ、――ほらね」

彼はまた舌を出して、落ちる眞似をしてみせた。

その道化た顔を見てゐることが、彼が彼自身の美しさをそれと知らずに壊してかかつてゐることが、私には居たたまれず辛《つら》いのだつた。私はじりじり押されながら目を伏せた。その隙を、彼の右手の一と薙ぎにさらはれた。落ちまいとして、私の右手が、反射的に彼の右手の指先にしがみついた。白手袋にきつちりとはまつてゐる彼の指の感覺をまざまざと握つた。

その一刹那、私は彼と目と目を合はせた。まことの一刹那だつた。彼の顔から道化た表情は消え、あやしいほど眞率な表情が漲つた。敵意とも憎しみともつかぬ無垢なはげしいものが弓弦《ゆづる》を鳴らしてゐた。それは私の思ひすごしであつたかもしれなかつた。指先を引かれて體の平衡を喪つた瞬間《たまゆら》の、むしろ虚しい露はな表情であつたかもしれなかつた。しかし私は、二人の指のあひだに交はされた稲妻のやうな力の戰《おのの》きと共に、私の彼を見つめた一瞬の視線から、私が彼を——ただ彼をのみ——愛してゐることを、近江が讀みとつたと直感した。

二人は殆ど同時に遊動圓木からころがり落ちた。

私はたすけ起された。たすけ起したのは近江だつた。彼は私の腕をむらつぽく引摺り上げ、何も言はずに私の服の泥を拂つた。彼の肱と手袋にも霜のきらめいてみえる泥が塗られてゐた。

私は非難するやうに彼を見上げた。彼が私の腕をとつて歩き出したからだつた。

私の學校は初等科時代から同級生が同じなので、肩を組んだり腕を組んだりする親しさは當然のことだつた。折から整列の呼笛《よびこ》が吹き鳴らされ、みんなはそんな風にして整列場へいそいでゐた。近江が私と一緒にころがり落ちたことも、もうそろそろ見飽きてきた遊戯の結着と見えたにすぎず、私と近江が腕を組んで歩いてゐるのさへ、格別目に立つ景色ではない筈だつた。

しかし彼の腕に凭れて歩きながら、私の喜びは無上であつた。ひ弱な生れつきのためかして、あらゆる喜びに不吉な豫感のまじつてくる私ではあつたが、彼の腕の强《きつ》い・緊迫した感じは、私の腕から私の全身へめぐるやうに思はれた。世界の果てまで、かうして歩いて行きたいと私は思つた。

しかし、整列場のところへ來ると、彼は呆氣なく私の腕を離して自分の順番へ並んだ。

それから二度と私のはうをふりむかなかつた。式のあひだ、私は自分の白手袋の泥のよごれと、四人をへだてて並んでゐる近江の白手袋の泥のよごれとを、何度となく見比べるのだつた。

——かうした近江への故しれぬ傾慕の心に、私は意識の批判をも、ましてや道徳の批判をも加へるではなかつた。意識的な集中が企てられだすと、もうそこには私はゐなかつた。持續と進行をもたない戀といふものがもしあるならば、私の場合こそそれなのであつた。私が近江を見る目はいつも「最初の一瞥」であり、言ひうべくんば「劫初の一瞥」だつた。無意識の操作がこれに與《あづか》り、私の十五才の純潔を、たえず侵蝕作用から守らうとしてゐた。

これが戀であらうか？　一見純粋な形を保ち、その後幾度となく繰り返されたこの種の戀にも、それ獨特の墮落や頽廢がそなはつてゐた。それは世にある愛の墮落よりももつと邪惡な墮落であり、頽廢した純潔は、世の凡ゆる頽廢のうちでも、いちばん惡質の頽廢だ。

しかし、近江への片思ひ、人生で最初に出會つたこの戀においては、私はほんたうに、無邪氣な肉慾を翼の下に隠し持つた小鳥と謂つた風《ふう》だつた。私を迷はせたのは、獲得の欲望ではなく、たゞ純粹な「誘惑」そのものだつたのだ。

少くとも學校にゐるあひだ、それもとりわけ退屈な授業中には、私は彼の横顔から目を離すことができずにゐた。愛とは求めることでありまた求められることだと知らない私に、それ以上の何が出來たであらう。愛とは私にとつて小さな謎の問答を謎のままに問ひ交はすことにすぎなかつた。私のこのやうな傾慕の心は、それが何らかの形で報いられることを想像することとさへしなかつたのだ。

だから私は、大した風邪でもなかつたのに學校を休み、てうどその日が三年生になつて最初の春の體格檢査の日だといふことに、明る日學校へ出るまで氣づかずにゐた。檢査の當日に休んだ二三人が、醫務室へ行くのに私もついて行つた。

瓦斯ストーヴが、部屋にさし入る日ざしのなかであるかなきかの青い炎を立ててゐた。

消毒薬の匂ひばかりだつた。いつも少年たちの裸體が押し合ひへし合ひする、あの體格檢査特有の甘い乳の蒸れたやうな薄桃色の匂ひはどこにもなかつた。私たち二三人はさむざむと、默りがちにシャツを脫いだ。

私と同じやうにいつも風邪ばかり引いてゐる瘦せた少年が、體重計の上に立つた。生毛《うぶげ》がいつぱい生えた彼のみすぼらしい白い背中を見てゐるうちに、私に突然記憶が蘇つた。私がいつも近江の裸體を見たいと、あれほどはげしく希つてゐたことを。體格檢査といふその恰好な機會に、私が愚かにも思ひ及ばなかつたことを。すでにその機會はすぎ、またあてどもない機會を待つほかはないことを。

私は蒼ざめた。私の裸體がその白けた鳥肌に、一種の寒さに似た悔いを知るのだつた。私はうつろな目つきで、自分のかぼそい二の腕にある・みじめな種痘の痕をこすつた。私の名が呼ばれた。體重計が、てうど私の刑執行の時刻を告げ顏の絞首臺のやうにみえた。

「三九・五《さんきゆうてんご》！」

看護兵上りの助手が校醫にさう告げた。

「三九・五《てん》」と校醫はカルテに書き入れながら「せめて四〇キロにならんとなあ」と獨り言を言つた。

かうした屈辱を體格檢査のたびに私は嘗めさせられてゐた。しかし今日はそれが幾分か心安くきかれたのは、近江が傍にゐず私の屈辱を見てゐないといふ安堵からだつた。一瞬のうちにこの安堵が喜びにまで成長した。……

「はいお次！」

助手が邪慳に私の肩を押しやつても、私はいつものいやな・怒りつぽい目つきで彼を見返すことはしなかつた。

しかしながら私の最初の戀が、どのやうな形で終末を告げるかを、おぼろげながら私が豫知してゐない筈はなかつた。ともするとこの豫知の不安が、私の快樂の核心であるのかもしれなかつた。

初夏の一日、それは夏の仕立見本のやうな一日であり、いはばまた、夏の舞臺稽古のやうな一日だつた。本當の夏が來るときに萬《ばん》遺漏ないやうに、夏の先驅が一日だけ、人々の衣裳簞笥をしらべに來るのだつた。この檢査がとほつたしるしに、人々はその日だけ夏のシャツを着て出るのである。

そんな暑さにもかかはらず、私は風邪を引いて氣管支を壞してゐた。腹をこはした友人と一緒に、體操の時間を「見學」（つまり體操に加はらずに見てゐること）するのに必要な診斷書を醫務室へもらひに行つた。

そのかへるさを體操場の建物へむかつて、二人はできるだけのろのろと歩いて來た。醫務室へ行つてゐたと言へば遲刻の立派な口實になつたし、ただ見てゐるだけの退屈な體操の時間は、すこしでも短かいことが望ましかつた。

「暑いね」

——私は制服の上着を脫いだ。

「いいのか、風邪引いてるくせに。體操をやらされちやふよ」

私はまたあわてゝ上着を着た。

「僕はお腹《なか》だからいいんだ」

見せびらかすやうに、入れ代りに友達が上着を脱いだ。

來てみると、體操場の壁の釘にはジャケツや、なかにはYシャツまでが脱いで掛けられてゐた。私たちの組の三十人ほどが、體操場のむかうの鐵棒のまはりにあつまつてゐた。暗い雨天體操場を前景に、その戸外の砂場と芝生のある鐵棒のあたりはもえるやうな明るさだつた。私は自分の病弱から來るいつもの負目《ひけめ》にとらはれた。ふてくされた咳をしながら、鐵棒へむかつて歩いた。

貧弱な體操の敎師が、ろくすつぽ見もしないで診斷書を私の手からうけとると、

「さあ、懸垂《けんすゐ》をやらう。近江。お手本をやつてみせなさい」

——私は友人たちがこそこそと近江の名を呼ぶのをきいた。體操の時間中によく彼は雲隱れをすることがあつた。何をしてゐるのかわからなかつたが、今も彼は、きらきら葉が光りを搖らしてゐる靑木のかげからのつそり現はれた。

それを見ると私の胸がさわぎ出した。彼はYシャツも脱いでしまつて、袖なしの眞白なランニング・シャツだけであつた。皮膚の淺黑さがシャツの純白をどぎついくらゐ清潔にみせてゐた。それは遠くまで匂つて來さうな白さだつた。くつきりした胸の輪廓と二つの乳首が、この石膏にレリーフされてゐた。

「懸垂ですか？」

彼はぶつきらばうに、しかし自信ありげに教師にたづねた。

「うむ、さう」

すると近江は見事な體軀の持主が往々見せるあの不遜な不精つたらしさで砂の上へゆつくり手をのばした。下のはうの濕つた砂で掌をまぶした。そして立上ると掌を粗々しくこすりあはせながら、頭上の鐵棒へ目をやるのだつた。その眼差には瀆神者の決心がひらめき、ちらと瞳に影像を落す五月の雲や青空を、侮蔑の涼しさの裡に宿してゐた。一つの跳躍が彼の身をつらぬいた。すると忽ち碇の刺靑が似合ひさうな二つの腕が、彼の體軀を鐵棒から吊してゐた。

「ほう」

級友たちの嘆聲が鈍く漂つた。彼の力わざへの嘆聲ではないことが、誰の胸にもたづねられた。それは若さへの、生への、優越への嘆聲だつた。彼のむき出された腋窩に見られる豐饒な毛が、かれらをおどろかしたのである。それほど夥しい・ほとんど不必要かと思はれるくらゐの・いはば煩多な夏草のしげりのやうな毛がそこにあるのを、おそらく少年たちははじめて見たのである。それは夏の雜草が庭を覆ひつくしてまだ足りずに、石の階段にまで生《お》ひのぼつて來るやうに、近江の深く彫り込まれた腋窩をあふれて、胸の兩わきへまで生ひ茂つてゐた。この二つの黑い草叢は、日を浴びてつややかに耀き、そのあたりの彼の皮膚の意外な白さを、白い砂地のやうに透かして見せた。

彼の二の腕が固くふくれ上り、彼の肩の肉が夏の雲のやうに盛り上ると、彼の腋窩の草叢は暗い影の中へ疊み込まれて見えなくなり、胸が高く鐵棒とすれ合つて微妙に慄へた。かうして懸垂がくりかへされた。

生命力、ただ生命力の無益な夥しさが少年たちを壓服したのだつた。生命のなかにある過度な感じ、暴力的な、全く生命それ自身のためとしか説明のつかない無目的な感じ、この一種不快なよそよそしい充溢がかれらを壓倒した。一つの生命が、彼自身のしらぬ間に近江の肉體へしのび入り、彼を占領し、彼を突き破り、彼から溢れ出で、間《ま》がな隙《すき》がな彼を凌駕しようとたくらんでゐた。生命といふものはこの點で病氣に似てゐた。荒々しい生命に蝕まれた彼の肉體は、傳染をおそれぬ狂ほしい獻身のためにだけ、この世に置かれてあるものだつた。傳染をおそれる人々の目には、その肉體は一つの非難として映る筈だつた。――少年たちはたじたじと後ずさりした。

私も同樣ながらまた多少ちがつてゐた。私にあつては、（このことは私を赤面させるのに十分だつたが）、彼の夥しいそれを見た瞬間から *erectio* が起つてゐた。間服《あひふく》のズボンのこととて、悟られはすまいかと氣遣はれた。その不安がなくとも、とにかくこの時私の心を占めたものは無垢な歡びばかりではなかつた。私の見たがつてゐたものこそこれであつたらうに、それを見た衝擊が、却つて思ひがけない別種の感情を發掘してみせたのである。

それは嫉妬だつた。——

何か崇高な作業をなしをへた人のやうに、近江の體がどすんと砂地に降りる音を私はきいた。私は目をつぶり、頭を振つた。さうして私がもう近江を愛してはゐないと自分に言ひきかせた。

それは嫉妬だつた。私がそのために近江への愛を自ら諦めたほどに強烈な嫉妬だつた。

おそらくこの事情には、そのころから私に芽生えだした・自我のスパルタ式訓練法の要求も與《あづか》つてゐた。(この本を書いてゐることが既にその要求の一つのあらはれである。)幼年時代の病弱と溺愛のおかげで人の顏をまともに見上げることも憚られる子供になつてゐた私は、そのころから、「強くならねばならぬ」といふ一つの格率に憑かれだしてゐた。そのための訓練を、私はゆきかへりの電車のなかで、誰彼の見境なく乘客の顏をじつと睨みつけることに見出だした。たいていの乘客はひよわさうな蒼白の少年に睨みつけられて、別に怖がりもせずに、うるささうに顔をそむけた。睨み返す人間は滅多にゐなかつた。顔をそむけられると、私は勝つたと思つた。かうして次第に私は人の顔を眞正面から見ることができるにいたつた。……

――愛を諦めたと思ひ込んでゐる私には、一應自分の愛が忘られてゐた。これは一見迂濶なことである。愛の・これ以上はない明白なしるしである *erectio* が私には忘られてゐた。エレクチオは實に永きにわたつて無自覺におこり、一人でゐるときにそれが促すあの「惡習」も、實に永きにわたつて無自覺に行はれてゐた。性についてはすでに人並の知識をもちながら、私はまだ差別感に惱まずにゐた。

と云つて私は自分の常規を逸した欲望を、正常なもの正統なものと信じてゐたわけではなく、友人の誰しもが私と同じ欲望を抱いてゐると誤信してゐたわけでもなかつた。呆れることには、私は浪曼的な物語の耽讀から、まるで世間しらずの少女のやうに、男女の戀や結婚といふものにあらゆる都雅な夢を託してゐたのである。近江への戀を私は投げやりな謎の芥に投《はふ》り込んで、深くその意味をたづねてみることもしなかつた。今私が「愛」と書き「戀」と書くやうには、一切私は感じてゐたわけではなかつた。私はかういふ欲望と私の「人生」との間に重大な關はりがあらうなぞとは、夢にも思つてゐなかつた。

それにもかかはらず、直感は私の孤獨を要求してゐた。それはわけのわからぬ異樣な不安、――すでに幼年時に大人になることの不安が色濃く在つたことは前にも述べた、――として現はれた。私の成長感はいつも異樣な鋭い不安を伴つた。ぐんぐん伸びて一年毎にズボンの丈《たけ》を長くしなければならないので仕立の時に長い折込を縫ひ込んでおくあの時代、どこの家でもあるやうに、私は家の柱に自分の身丈を鉛筆でしるしをつけた。茶の間の家族の前でそれが行はれ、伸びるたびに家族は私をからかつたり單純に喜んだりした。私は强ひて笑顔をつくつた。しかし私が大人の身丈になるといふ想像は、何かおそろしい危機を豫感させずにはなされなかつた。未來に對する私の漠とした不安は、一方私の現實を離れた夢想の能力を高めると共に、私をその夢想へのがれさせる「惡習」へと狩り立てた。不安がそれを是認した。

「廿才《はたち》までに君はきつと死ぬよ」

友人たちは私の弱さを見てからうからかつた。

「ひでえことを言ひやがる」

私は苦笑ひに顔を引きつらせながら、奇妙に甘い感傷的な惑溺を、この豫言からうけとつた。

「賭をしようか」

「僕は、それなら、生きるはうに賭ける他はないぢやないか」と私は答へた。「君が僕の死ぬはうに賭けるなら」

「さうだね、氣の毒だね、君は負けるね」

友人は少年らしい殘酷さをこめてさうくりかへした。

私一人がさうなのではなく、同年の級友たちは皆さうなのであつたが、私たちの腋窩には近江のそれのやうな旺んなものはまだ見られなかつた。蘖《ひこばえ》のやうなものがわづかに兆してゐるにすぎなかつた。したがつてこれまで私も、その部分に際立つた注意を拂つてゐたわけではなかつた。それを私の固定觀念にしたものは明らかに近江の腋窩だつた。

風呂に入るとき、私は永いあひだ鏡の前に立つやうになつた。鏡は私の裸身を無愛想に映した。私は自分も大きくなれば白鳥になれるものだと思ひ込んでゐる家鴨の子のやうであつた。これはあのヒロイックな童話の主題と丁度逆である。私の肩がいつか近江の肩に似、私の胸がいつか近江の胸に似るであらうといふ期待を、目前の鏡が映してゐる・似ても似つかぬ私の細い肩・似ても似つかぬ私の薄い胸に無理強ひに見出しながら、薄氷《うすらひ》のやうな不安は依然私の心のそこかしこに張つた。それは不安といふよりは一種自虐的な確信、「私は決して近江に似ることはできない」と神託めいた確信だつた。

元祿期の浮世繪には、しばしば相愛の男女の容貌が、おどろくべき相似でゑがかれてゐる。希臘彫刻の美の普遍的な理想も男女の相似へ近づく。そこには愛の一つの祕義がありはしないだらうか？　愛の奥處《おくが》には、寸分たがはず相手に似たいといふ不可能な熱望が流れてゐはしないだらうか？　この熱望が人を驅つて、不可能を反對の極から可能にしようとねがふあの悲劇的な離反にみちびくのではなからうか？　つまり相愛のものが完全に相似のものになりえぬ以上、むしろお互ひに些かも似まいと力め、かうした離反をそのまま媚態に役立てるやうな心の組織《システム》があるではないか？　しかも悲しむべきことに、相似は瞬間の幻影のまま終るのである。なぜなら愛する少女は果敢になり、愛する少年は内氣になるにもせよ、かれらは似ようとしていつかお互ひの存在をとほりぬけ、彼方へ、——もはや對象のない彼方へ、飛び去るほかはないからである。

私がそのために愛を諦めたと自分に言ひきかせたほどに烈しかつた嫉妬は、右のやうな祕義にてらして、なほ愛なのであつた。私は自分の腋窩に、おもむろに・遠慮がちに・すこしづつ芽生え・成長し・黒ずみつゝある・「近江と相似のもの」を愛するにいたつた。

……

暑中休暇が訪れた。私にとつてそれは待ちこがれてゐたくせに始末に了へぬ幕間《まくあひ》であり憧れてゐたくせに居心地のわるい宴會だつた。

輕い小兒結核を患つたときから、醫者は私が强烈な紫外線に當ることを禁じた。海岸の直射日光に三十分以上體をさらすことは禁物であつた。この禁制は破られるたびに覿面《てきめん》の發熱で私に報いた。學校の水泳演習にも出られなかつた私は、今以て泳ぎを知らない。後年私の内部に執拗に育ち、折にふれては私を押しゆるがすにいたつた「海の蠱惑」と考へ合はせると、私が泳げないといふこのことは暗示的である。

とはいふもののそのころの私は、まだ海の抗しがたい誘惑に出會ふではなく、一から十まで私にふさはしからぬ夏の季節、しかも故しらぬ憧れが私をそそりたてる夏の季節を、何とか屈託なしに送りたいために、母や弟妹とA海岸でその夏をすごした。

……ふと氣がつくと、私はひとり巖《いはほ》の上に取り殘されてゐた。

さきほど私は妹や弟と、磯づたひに小魚のひらめく岩間をもとめて、この巖のほとりまで來たのであつた。思つたほどの獲物がないので、小さい妹や弟は飽きはじめてゐた。そこへ女中が母のゐる砂濱の傘へ私たちを迎へに來、何か氣難しい顏で同行を拒んだ私を置いて、妹弟《きやうだい》だけを連れ去つたのだつた。

夏の午さがりの太陽が海のおもてに間斷なく平手搏ちを與へてゐた。灣全體が一つの巨大な眩暈《めまひ》であつた。沖にはあの夏の雲が、雄偉な・悲しめる・預言者めいた姿を、半ば海に浸して默々と佇んでゐた。雲の筋肉は雪花石膏《アラバスター》のやうに蒼白であつた。

人影と云つたら、砂濱のはうから乘り出した二三のヨットや小舟や數隻の漁船が沖のあたりにためらふやうに動いてゐる・その乘り手のほかには見當らなかつた。精緻な沈默がすべての上にあつた。微妙な思はせぶりな祕密を告げ顏《がほ》に、海の微風が快活な昆蟲のやうな見えない羽搏きを、私の耳もとへ傳へて來たりした。このあたりの磯は、海へ傾《かし》いでゐる平たい柔順な岩から成立ち、私が腰かけた巖のやうな險しい姿は、他に二三見られるにすぎなかつた。

波ははじめ、不安な綠の膨らみの形で沖のはうから海面を滑つて來た。海に突き出た低い岩群は、救ひを求める白い手のやうに飛沫《しぶき》を高く立てて逆《さか》らひながらも、その深い充溢感に身を涵《ひた》して、繫縛《けばく》をはなれた浮游を夢みてゐるやうにもみえた。しかし膨らみは忽ちそれを置き去りにして同じ速度で汀《なぎさ》へ滑り寄つて來るのだつた。やがて何ものかがこの綠の母衣《ほろ》のなかで目ざめ・立上つた。波はそれにつれて立上り、波打際に打ち下ろす巨大な海の斧の鋭ぎすまされた刃《やいば》の側面を、殘るくまなくわれわれの前に示すのだつた。この濃紺のギロチンは白い血しぶきを立てて打ち下ろされた。すると砕けた波頭を追つてたぎり落ちる一瞬の波の背が、斷末魔の人の瞳が映す至純の青空を、あの此世ならぬ青を映すのだつた。——海からやうやく露はれてゐる蝕ばまれた平らな岩の連なりは、波に襲はれたつかのまこそ白く泡立つなかに身を隱したが、餘波《なごり》の退きぎはには燦爛とした。その眩《まば》ゆさに宿かりがよろめき、蟹がじつと身動《じろ》がなくなるのを、私は巖の上から見た。

孤獨の感じが、すぐさま近江の回想とまざり合つた。それはこんな風にである。近江の生命《いのち》にあふれた孤獨、生命《いのち》が彼を縛めてゐるところから生れる孤獨、さうしたものへの憧れが、私をして彼の孤獨にあやかりたいと希はせはじめ、今のやや、外面的には近江のそれに似てゐる私の孤獨、海の横溢を前にしたこの虚しい孤獨を、彼に倣《なら》つたやり方で享樂したいとねがはせた。私は近江と私との一人二役を演ずる筈だつた。そのためには些かでも彼との共通點が見出だされねばならなかつた。さうすれば、近江自身はおそらく無意識に抱いてゐるにすぎまい彼の孤獨を、私が彼になり代り、あたかもその孤獨が快樂にみちたものであるかのやうに意識して振舞ふことが出來、近江を見て私が感じる快感をやがて近江自身の感じるであらう快感とすることの空想上の成就にまで、私は到達する筈だつた。

聖セバスチャンの繪に憑かれだしてから、何氣なく私は裸になるたびに自分の兩手を頭の上で交叉させてみる癖がついてゐた。自分の肉體は弱々しく、セバスチャンの豐麗は面影だになかつた。今も私は、何氣なくさうしてみた。すると自分の腋窩へ目が行つた。不可解な情慾が湧き起つた。

——私の腋窩には夏の訪れと共に、もとより近江のそれには及ばぬながら、黑い草叢の芽生えがあつた。これが近江との共通點だつた。この情慾には明らかに近江が介在した。それでもなほ、私の情慾が私自身のそれへ向つたことは否《いな》めなかつた。その時私の鼻孔をわななかせてゐた潮風と、私の裸かの肩や胸をひりひりさせながら照りつけてゐた夏の激しい光りと、見わたすかぎり人影のなかつたことが、寄つてたかつて、靑空の下での最初の「悪習」に私を驅つたのだつた。その對象を、私は自分の腋窩に選んだのだつた。

……ふしぎな悲しさに私は身を慄はせた。孤獨は太陽のやうに私を灼いた。紺の毛のパンツが私の腹に不快に粘ついた。私はそろそろと巖を下りて、汀に足をひたした。餘波《なごり》が私の足を白い死んだ貝殼のやうに見せ、海のなかには貝殼をちりばめた石疊が波紋にゆらめきながらありありと見えた。私は水の中にひざまづいた。そしてそのとき砕けた波が荒荒しい叫びをあげて押し迫り、私の胸にぶつかり、私を繁吹で殆んど包まうとするのに委せた。

——波が引いたとき、私の汚濁は洗はれてゐた。私の無數の精蟲は、引く波と共に、その波の中の幾多の微生物・幾多の海藻の種子・幾多の魚卵などの諸生命と共に、泡立つ海へ捲き込まれ、運び去られた。

秋が來て新學期がはじまつたとき、近江はゐなかつた。放校處分の貼紙が掲示板に見られた。

すると僭主が死んだあとの人民のやうに、私の級友の誰しもが彼の惡事を喋りだした。

彼に十圓貸して返してもらへなかつたこと、彼に笑ひながら舶來の萬年筆を强奪されたこと、彼に首を絞められたこと、……それらの惡事を一人一人が彼から蒙つたらしいのにひきかへて、私だけは彼の惡については何一つ知らないことが、私を嫉妬で狂ほしくさせた。しかし私の絕望は、彼の放校の理由に確たる定說のないことでわづかに慰められた。どこの學校にもゐるあの消息通のすばしこい生徒も、萬人が疑はない放校理由を、近江について探り出すことはできなかつた。もとより先生は、たゞ「惡いこと」とにやにやしながら言ふばかりだつた。

私にだけは彼の惡について一種の神祕な確信があつた。彼自身にすらまだ十分には識られてゐない或る廣大な陰謀に、彼は參畫してゐたに相違なかつた。この彼の「惡」の魂が促す意慾こそ、彼の生甲斐であり、彼の運命だつた。少くとも私にはさう思はれた。

……するとこの「惡」の意味は私の內部で變容して來た。それが促した廣大な陰謀、複雜な組織《システム》をもつた祕密結社、その一絲亂れぬ地下戰術は、何らかの知られざる神のためのものでなければならなかつた。彼はその神に奉仕し、人々を改宗させようと試み、密告され、祕密裡に殺されたのだつた。彼はとある薄暮に、裸體にされて丘の雜木林へ伴はれた。そこで彼は双手《もろて》を高く樹に縛められ、最初の矢が彼の脇腹を、第二の矢が彼の腋窩を貫ぬいたのだつた。

私は考へ進んだ。さう思つてみれば、彼が懸垂をするために鐵棒につかまつた姿形《すがたかたち》は、他の何ものよりも聖《サン》セバスチャンを思ひ出させるのにふさはしかつたのである。

＊

＊　＊

中學四年のとき、私は貧血症にかかつた。顔いろはますます蒼ざめ、手は草いろだつた。高い階段を登つたあとでは、しばらく踞蹲《うづくま》つてゐなければならなかつた。白い霧のやうな龍卷が後頭部へ舞ひ下りて、そこへ穴を穿ち、私を危ふく昏倒させたからである。

家人が私を醫者へつれて行つた。彼は貧血症と診斷した。懇意な面白い醫者だつたので、貧血症とはどういふ病氣かといふ家人の問にこたへて、ではアンチョコを見ながら御說明いたしませうと言つた。私は診察ををはつて醫者の傍らにゐた。家人は醫者に相對してゐた。醫者の讀み上げる本の頁は私には覗かれ、家人には見えなかつた。

「……ええと次は病因ですな。病氣の原因ですな。『十二指腸蟲』これが多いですな。坊ちやんのもこれかもしれませんな。便の檢査をする必要がありますな。それから、『萎黃病』これは滅多にない、しかも女の病氣だ……」

そこで醫者は病因の一つを飛ばして讀むと、あとは口のなかでむにやむにや言ひながら、本を閉ぢた。ところが私には、彼が飛ばして讀んだ病因が見えたのだつた。それは『自瀆』だつた。私は羞恥のために動悸が早まるのを感じた。醫者は見拔いてゐたのであつた。

砒素劑の注射が處方された。この毒の造血作用が一ト月あまりで私を癒した。

しかし、誰が知つてゐたらう。私の血の缺乏が、他ならぬ血の欲求と、異常な相闘關係を結んでゐたことを。

生れながらの血の不足が、私に流血を夢みる衝動を植ゑつけたのだつた。ところがその衝動が私の體から更に血を喪はせ、かくてますます私に血を希《ねが》はせるにいたつた。この身を削る夢想の生活は、私の想像力を鍛へ・錬磨した。ド・サァドの作品については未だ知らなかつた私であつたが、私は私なりに、「クオ・ヴディス」のコロッセウムの描寫の感銘から、私の殺人劇場の構想を立てた。そこではただ慰みのために、若い羅馬力士が生命を提供するのであつた。死は血に溢れ、しかも儀式張つたものでなければならなかつた。私はあらゆる形式の死刑と刑具に興味を寄せた。拷問道具と絞首臺は、血を見ないゆゑに敬遠された。ピストルや鐵砲のやうな火藥を使つた兇器は好もしくなかつた。なるたけ原始的な野蠻なもの、矢、短刀、槍などが選ばれた。苦悶を永びかせるためには腹部が狙はれた。犧牲は永い・物悲しい・いたましい・いふにいはれぬ存在の孤獨を感じさせる叫びを擧げる必要があつた。すると私の生命の歡喜が、奥深いところから燃え上り、はては叫びをあげ、この叫びに應へるのだつた。これはそのままあの古代の人たちの狩獵の歡喜ではなかつたらうか？

希臘の兵士や、アラビヤの白人奴隷や、蠻族の王子や、ホテルのエレヴェーター・ボオイヤ、給仕《ガルソン》や、輿太者や、士官や、サーカスの若者などが、私の空想の兇器で殺戮された。私は愛する方法を知らないので誤まつて愛する者を殺してしまふ・あの蠻族の劫掠者のやうであつた。地に倒れてまだぴくぴく動いてゐる彼らの唇に私は接吻した。レエルの一方に刑架が固定され、一方から短刀が十數本人形《ひとがた》に植つた厚板がレエルを辷つて迫つてくる刑具は、何かの暗示で私が發明したものだつた。死刑の工場があつて人間を貫ぬく旋盤がしじふ運轉してをり、血のジュースが甘味をつけられ罎詰にされて發賣された。多くの犧牲が後ろ手につながれて、この中學生の頭腦のコロッセウムへ送り込まれて來るのだつた。

次第に刺戟は强められ、人間が達する最惡のものと思はれる一つの空想に到達した。この空想の犧牲者は、やはり私の同級生で、水泳の巧みな・際立つて體格のよい少年だつた。

そこは地下室だつた。祕密な宴會がひらかれてをり、純白なテーブル・クロオスには典雅な燭臺が輝やき、銀製のナイフやフォークが皿の左右に並べられてゐた。お定まりのカーネーションの盛花もあつた。ただ妙なことには食卓の中央の餘白がひろすぎるのだつた。餘程大きな皿が、のちほどそこへ運び込まれるに相違なかつた。

「まだかい？」

と會食者の一人が私にたづねた。顔は暗くてみえなかつたが、荘厳な老人の聲音《こわね》であつた。さういへば會食者の顔はどれも暗くて見えなかつた。たゞ燈りの下へ白い手がさし出され銀のきらめくナイフやフォークをあやつつてゐた。たえず小聲《こごゑ》で喋り合ふやうな、また、ひとりごとを言ふやうな呟きが漂つてゐた。ときどき椅子がぎしぎしと軋り音《ね》をあげるほかは、際立つた音も立てない陰氣な宴會だつた。

「もうそろそろ出來ると思ひますが」

私はかう答へたが、暗い沈默が報いた。私の答に皆が不機嫌になつてゐる樣子が見てとれた。

「ちよつと見て來ませうか」

私は立上つて厨房の戸をあけた。厨房の一角には地上に出る石段がついてゐた。

「まだかい？」

と私はコックにたづねた。

「なに、もうすぐですよ」

コックも不機嫌に菜つ葉のやうなものを刻みながら下を向いたまま答へた。疊二疊ほどの大きな厚板の調理臺の上には何もなかつた。

石段の上から笑ひ聲が降りて來た。見るともう一人のコックが、私の同級生の逞ましい少年の腕をとつて下りて來るのであつた。少年はふつうの長ズボンに胸をはだけた紺いろのポロ・シャツを着てゐた。

「ああ、Bだね」

と私は何氣なく呼びかけた。石段を下り切ると、彼はポケットへ兩手をつつこんだまま私にむかつていたづらさうに笑つてみせた。すると突然コックがうしろからとびかかつて少年の首を絞めた。少年は激しく抵抗した。

『……柔道の手だつけ。……柔道の手だな。……あれは何と言ふのだつたか？……さうだ……首を絞めて……本當には死なないのだ、……氣絶するだけなんだ……」

　私は考へながら、このいたましい戰ひをみてゐた。少年がコックの頑丈な腕のなかで急にぐつたり首を垂れた。コックは事もなげに彼を抱きかかへて調理臺の上へ置いた。するともう一人のコックが寄つて來て、事務的な手つきでそのポロ・シャツを脫がし、腕時計を外し、ズボンを脫がし、みるみる丸裸かにしてしまつた。裸體の少年はうすく口をあけて仰向けに倒れてゐた。その口に私は永い接吻をした。

「仰向けがいいかね、それとも俯伏せがいいかね」

　とコックが私にたづねた。

「仰向けがいいだらう」

　その方が琥珀いろの楯のやうな胸が見られるので、私はさう答へた。もう一人のコックが丁度人間の身幅ほどある大きな西洋皿を棚から出して來た。その皿は妙な皿で、兩方の緣《ふち》に五つづつ都合十の小穴があいてゐた。

「よつこらしよ」

二人のコックが氣を失つてゐる少年を皿に仰向けに寢かせた。コックはたのしさうに口笛を吹きだし、細引を兩側から皿の小穴にとほして少年の體をぎりぎり縛りつけた。その素速い手つきは熟練のほどを示してゐた。大きなサラダの葉が裸體のぐるりに美しく並べられた。特大の鐵のナイフとフォークが皿に添へられた。

「よつこらしよ」

二人のコックが皿をかつぎあげた。私が食堂の扉をあけた。

好意のある沈默が私を迎へた。灯に白く輝いてゐる食卓の餘白に皿が置かれた。私は自分の椅子にかへつて、大皿のわきから特大のナイフとフォークをとりあげた。

「どこから手をつけませう」

返事はなく、多くの顏が皿のまはりに乘り出して來る氣配が感じられた。

「ここが切りいいでせう」

私は心臟にフォークを突き立てた。血の噴水が私の顏にまともにあたつた。私は右手のナイフで胸の肉をそろそろ、まづ薄く、切り出した。……

貧血が癒つても私の惡習は募るばかりであつた。幾何の時間中、私は敎師のなかでいちばん若い幾何の敎師Aの顏を見飽かなかつた。水泳の敎師をしてゐたことがあると言はれてゐる彼は、海の陽に灼かれた顏いろと漁夫のやうな太い聲音とをもつてゐた。冬のことでズボンに片手をつつこみながら、私は黑盤の字をノートに寫してゐた。そのうちに私の目はノートから離れ、Aの姿を無意識に追つた。Aは若々しい聲で幾何の難問の說明をくりかへしながら、敎壇を上つたり下りたりした。

官能の惱みがすでに私の行住座臥に喰ひ入つてゐた。若い敎師は私の目交《まなかひ》に、いつかしら幻のヘラクレスの裸像を現前した。彼が左手の黑板拭きをうごかしながらのばした右手の白墨で方程式を書きだすと、私は彼の背に寄る服地の皺から、「弓を引くヘラクレス」の筋肉の皺を見るのであつた。私はたうとう授業時間中に惡習を犯した。

——ぼんやりした頭を垂れて、休み時間の運動場へ私は出た。私の——これも片想ひの・そして落第生の——戀人が寄つて來てたづねた。

「ねえ、君、きのふ片倉の家へお悔みに行つたんだらう。どんな調子だつた?」

片倉はおとといひ葬式のすんだ・結核で死んだやさしい少年だつた。その死顔が似ても似つかぬ悪魔のやうだつたと友人にきいて、私はお骨になつたころを見計つて悔みに行つたのだつた。

「どうもなかつたよ。だつてもう骨《ほね》なんだもの」と私は無愛想に答へるほかはなかつたが、ふと彼におもねる傳言を思ひ出した。「ああ、それからね、片倉のマザーが君にくれぐれもよろしくつて言つてたよ。これから寂しくなるからぜひ遊びに來てくれるやうに傳へてくれつて言つてたよ」

「莫迦」――私は急激な・しかし溫かみのこもつた力で胸を突かれてびつくりした。私の戀人の頰は、まだ少年らしい羞恥で眞赧になつてゐた。彼の目が私を同類扱ひにする見馴れぬ親しさで輝いてゐるのを私は見た。「莫迦」と彼はまた言つて、「貴樣も人が惡くなりやがつたなあ。意味深《しん》な笑ひ方《かた》なんかしやがつて」

――私はしばらくわからなかつた。辻褄を合はせて笑ひこそすれ、卅秒ほどわからなかつた。やつとわかつた。片倉の母はまだ若く美しい瘦形の未亡人だつた。

そのことよりも更に私をみじめな氣持にしたのは、かうした遲い理解が、必ずしも私の無知から來るのではなく、彼と私との明らかな關心の所在の差から來るのだといふことだつた。私が感じた距離感の白々しさは、當然それが豫見されて然るべきであつたものが、かうまで手遲れな發見で私をおどろかしたといふその口惜しさだつた。片倉の母からの傳言が彼にどんな反應を起すかといふことも考へないで、たゞ無意識に、それを彼に傳へることが彼におもねる所以だと考へてゐる自分の幼なさそのものの醜さ、子供の泣き顏の、あの乾いた涙のあとのやうな醜さが私を絕望させた。私はどうして今のままではいけないのかといふ百萬遍問ひ返された問を、この問題についても問ひかけるには疲れすぎてゐた。私は飽き果て、純潔なままに身を持ち崩してゐた。心掛次第で、（何といふしをらしさだ！）私もかうした狀態から脫け出ることができるやうに思はれるのだつた。私が今飽き疲れてゐるものは明らかに人生の一部であるとはまだ知らず、私が飽いてゐるのは夢想であつて人生ではないと信じてゐるやうに。

私は人生から出發の催促をうけてゐるのであつた。私の人生から？　たとひ萬一私のそれでなからうとも、私は出發し、重い足を前へ運ばなければならない時期が來てゐた。

第三章

人生は舞臺のやうなものであるとは誰しもいふ。しかし私のやうに、少年期のをはりごろから、人生といふものは舞臺だといふ意識にとらはれつづけた人間が數多くゐるとは思はれない。それはすでに一つの確たる意識であつたが、いかにも素朴な・經驗の淺さとそれがまざり合つてゐたので、私は心のどこかで私のやうにして人は人生へ出發するものではないといふ疑惑を抱きながらも、心の七割方《がた》では、誰しもこのやうに人生をはじめるものだと思ひ込んでゐることができた。私は樂天的に、とにかく演技をやり了せれば幕が閉まるものだと信じてゐた。私の早死の假說がこれに與《あづか》つた。しかし後《のち》になつて、この樂天主義は、といふよりは夢想は、手きびしい報復をかうむるにいたつた。

念のために申し添へねばならぬが、私がここで言はうとしてゐることは、例の「自意識」の問題ではない。單なる性慾の問題であり、未《ま》だそれ以外のことをここで言はうとしてゐるのではない。

もとより劣等生といふ存在は先天的な素質によるものながら、私は人並の學級へ昇りたいために姑息な手段をとつたのだつた。つまり內容もわからずに、友達の答案を試驗中にこつそり敷寫しをして、そしらぬ顏でそれを提出するといふ手段《て》であつた。カンニングよりももつと知慧のない・もつと圖々しいこの方法が、時として見かけの成功を收める場合がある。彼は上の學級へのぼる。下の學級でマスターされた知識を前提にして、授業は進行し、彼にだけは皆目わからない。授業をきいてゐたつて何もわからない。そこで彼のゆく道は二つしかなくなつてしまふ。一つはグレることであり、一つは懸命に知つてゐるやうに裝ふことである。どちらへ行くかは彼の弱さと勇氣の質が決定する問題であり、量が決定するのではない。どちらへ行くにも等量の勇氣と等量の弱さが要《い》るのだ。そしてどちらにも、怠惰に對する一種詩的な永續的な渴望が要《い》るのである。

あるとき、學校の塀の外を、そこにはゐない或る友達がゆきかへりのバスの女車掌を好きらしいといふ噂話にざわめきながら歩いてゐる一團に私は加はつてゐた。噂話はやがて、バスの女車掌なんてどこが好いのだらうといふ一般論に代つた。すると私が意識した冷たい調子で、投げ出すやうにかう言ふのだつた。

「そりやあああの制服さ。あの體にぴつたりしてゐるところがいいんだらう」

もちろん私は女車掌からこの種の肉感的な魅惑をうけたことはさらさらなかつた。類推——純然たる類推である——が、物事に大人びた冷淡な好色家の見方をしたいといふ年相應の衒氣も手傳つて、私をしてそんなことを言はせるのだつた。

するとその反應が過度にあらはれた。この一團は學校もよく出來るしお行儀も申し分のない穩健派であつた。口々にかう言つた。

「呆れた。君つて相當なもんだねえ」

「よつぽど經驗がなければ、そんなこと、ずばりと言へたものぢやないと思ふね」

「君つて、實際、こはいみたいだねえ」

かうした無邪氣で感動的な批評に出會ふと、私はちと藥が利きすぎたと考へた。おなじことを言ふにも、もう少し耳立たない質實な言ひ方もあり、そのはうが私を奥行ありげに見せるかもしれなかつた。そこで私は、もう少し手加減をすべきであつたと反省した。

十五六の少年が、こんな年に不釣合な意識の操作を行ふとき、陥りやすいあやまりは、自分にだけは他の少年たちよりもはるかに確乎としたものが出來上りつゝあるために意識の操作が可能なのだと考へることである。さうではない。私の不安が、私の不確定が、誰よりも早く意識の規制を要求したにすぎなかつた。私の意識は錯亂の道具にすぎず、私の操作は不確定な・當てずつぽうな目分量にすぎなかつた。シュテファン・ツヴァイクの定義によると、「惡魔的なものとは、すべての人のなかに生れつき、自己の外へ、自己を越え、人を無限なるものへ驅りたてる不安定（*Unruhe*）のことで」ある。そしてそれは、「あたかも自然が、その過去の混沌のなかから、ある除くべからざる不安定の部分をわれわれの魂に殘しでもしたかのやう」であつて、その不安定の部分が緊迫をもたらし、「超人間的、超感覺的要素へ還元せんとする」のである。意識が單なる解說の效用をしかもたないやうな場所では、人が意識を必要としないのも尤もなことである。

私自身には女車掌なんかから受ける肉の魅惑がすこしもないのに、純然たる類推と例の手加減とで意識的に言はれたあの言葉が、友人たちをびつくりさせ、顏を羞恥で赤くさせ、あまつさへ思春期らしい敏感な聯想能力で私の言葉から仄かな肉感的な刺戟をさへ受けてゐるらしいのを目《ま》のあたりに見ると、私には當然、人のわるい優越感がわきおこつた。ところが私の心はそこで止まつてはゐなかつた。今度は私自身がだまされる番だつた。優越感が偏頗な醒め方をするのであつた。それはかういふ經路を辿つた。優越感の一部は已惚れになり、自分が人より一歩進んでゐると考へる酩酊になり、この酩酊の部分が、他の部分よりも足早に醒めてくると、他の部分がまだ醒めてゐないにもかかはらず、はやくも凡てを醒めた意識で計算する誤りを犯すので、「人より進んでゐる」といふ酩酊は、「いや僕も皆と同じ人間だ」といふ謙虚さにまで修正され、それが誤算のおかげで、「さうだとも凡ゆる點に於て僕は皆と同じ人間だ」といふ風に敷衍され、（この敷衍を、まだ醒めてゐない部分が可能にし、支持するのである）、つひには「誰もこんなものだ」といふ生意氣な結論がみちびきだされ、錯亂の道具にすぎない意識がここで强力にはたらき、……かくて私の自己暗示を完成するのであつた。この自己暗示、この非理性的な・馬鹿げた・贋ものの・その上私自身でさへその明らかな僞瞞に氣づいてゐる自己暗示が、このころから私の生活の少くとも九十パーセントを占めるにいたつた。私ほど憑依現象にもろい人間はなからうかと思はれる。

これを讀んでゐる人にだつて明白であらう。私がバスの女車掌について些か肉感的な言葉ができたのは、實に單純な理由にすぎず、その一點だけに私が氣づいてゐないといふことを。——それはまことに單純な理由、私が女の事柄については他の少年がもつてゐるやうな先天的な羞恥をもつてゐないといふ理由に盡きるのである。

私が現在の考へで當時の私を分析してゐるにすぎないといふ誹《そし》りを免れるために、十六才當時の私自身が書いたものの一節を寫しておかう。

「……陵太郎はみしらぬ友の仲間に、なんのためらふところなくはいつて行つた。彼は少しでも快活に振舞ふ——あるひは振舞つてみせることで、あの理由のない憂鬱や倦怠をおしこめられたと信じてゐた。信仰の最良の要素である盲信が、彼をある白熱した静止のかたちにおいてゐた。他愛のない冗談や戯《ざ》れ事に加はりながら絶えず思ふことに……『俺はいまふさいでもゐない、たいくつでもない』と。これを彼は、『憂ひをわすれてゐる』と稱してゐた。

ぐるりのひとびとは、しじふ、自分が幸福なのだらうか、これでも陽氣なのか、といふ疑問になやみつづけてゐる。疑問といふ事實がもつともたしかなものであるやうに、これが幸福の、正當なあり方《かた》だ。

然るに陵太郎ひとりは、『陽氣なのだ』と定義づけ、確信のなかに自分をおいてゐる。かうした順序で、ひとびとのこゝろは、彼のいはゆる『確かな陽氣さ』のはうへ傾いてゆく。

たうとう仄かではあるが眞實であつたものが、勁くして僞りの機械のなかにとぢこめられる。機械は力づよく動きだす。さうしてひとびとは自分が『自己僞瞞の部屋』のなかにゐるのに氣附かない。……」

――「機械が力づよく動きだす。……」

機械は力づよく動いたであらうか？

少年期の缺點は、惡魔を英雄化すれば惡魔が滿足してくれると信ずることである。

さて、私がとまれかくまれ人生へ出發する時刻は迫つてゐた。この旅への私の豫備知識は、多くの小說、一册の性典、友だちと回覽した春本、友だちから野外演習の夜毎にしこたまきいた無邪氣な猥談、……まづそんなところだつた。灼けつくやうな好奇心は、これらすべてにもまして忠實な旅の道連であつた。門出の身構へも、「僞りの機械」であらうとする決意だけで上乘だつた。

私は多くの小說を事こまかに硏究し、私の年齡の人間がどのやうに人生を感じ、どのやうに自分自身に話しかけるかを調査した。寮生活をしなかつたこと、運動部に入らなかつたこと、その上私の學校には氣取り屋が多くて例の無意識的な「下司遊び」の時期をすぎると滅多に下等な問題に立ち入らなくなること、おまけに私が甚しく內氣であつたこと、これらの事情は一人一人の素顔に當つてみるといふ遣り方を困難にしたので、一般的な原則から、「私の年齢の男の子」がたつた一人でゐるときどんなことを感じるかといふ推理にまで、もつて行かなければならなかつた。灼けつくやうな好奇心の面では私とも全く共通する思春期といふ一時期がわれわれを見舞ふらしかつた。この時期に達すると、少年はむやみと女のことばかり考へ、にきびを吹出し、しじふ頭がかつかとして、甘つたるい詩を書いたりするものらしかつた。性の研究書がしきりに自瀆の害について述べ、またある本は大して害がないから安心するやうにと述べてゐるところを見ると、この時期から彼らも自瀆に熱中するらしかつた。私もその點で彼らと全く同じであつた! 同じであるにもかかはらず、この惡習の心の對象に關する明らかな相違については、私の自己僞瞞が不問に附してしまつた。

まづ第一に、かれらは「女」といふ字から異常な刺戟をうけるもののやうであつた。女といふ字をちらと心にうかべただけで、顔が赤くなつたりする樣子であつた。ところで私は「女」といふ字から、鉛筆とか自動車とか箒とかいふ字を見てうける以上の印象を感覺的にはいつかうしゃなかつた。かうした聯想能力の缺如は、片倉の母についてのそれの場合のやうに、友人と話をしてゐても折々現はれて、私といふ存在をとんちんかんなものにした。彼らは私を詩人だと思つて納得した。私は私で詩人だと思はれたくないばつかりに、（なぜなら詩人といふ人種はきまつて女にふられるものださうであるから）彼らの話と辻褄を合はせるために、この聯想能力を人工的に陶冶した。

私は知らなかつたのだ、彼らが私と內なる感覺の面だけではなく、外《そと》への見えざる表はれに在つても、はつきりした差異を示してゐたことを。つまり彼らは女の裸體寫眞を見れば、すぐさま erectio を起してゐたことを。私にだけそれが起らなかつたことを。そして私が erectio を起すやうな對象、（それははじめから倒錯愛の特質によつて奇妙にきびしい選擇を經てゐたが）、イオニヤ型の靑年の裸像なぞは、彼らの erectio をみちびき出す何の力をももたなかつたことを。

私が第二章で、わざとのやうに、いちいち erectio penis のことを書いておいたのは、このことと關はりがある。何故なら私の自己僞瞞はこの點の無知で促されたからである。

どんな小説の接吻の場面にも男の *erectio* に關する描寫は省かれてゐた。それは當然であり、書くに及ばないことである。性の研究書にも、接吻に際してすらおこる *erectio* については省かれてゐた。*erectio* は肉の交はりの前に、あるひはその幻覺をゑがくことによつてのみ起るやうに私は讀んだ。何の慾望もないくせに、その時になれば、突然、——まるで天外からの靈感のやうに、——私にも *erectio* が起るのだらうと思はれた。心の十パーセントが、「いや私にだけは起るまい」と低く囁きつづけ、それが私のあらゆる形の不安となつて現はれた。ところで私は惡習の際に一度でも女の或る部分を心にうかべたことがあつたらうか。たとひ試驗的にも。

私はそれをしなかつた。私はそれをしないことを私の怠惰からにすぎぬと思つてゐた！

私には結局何一つわかつてゐなかつた。私以外の少年たちの夜毎の夢を、きのふちらと街角で見た女たちが一人一人裸になつて歩きまはることが。少年たちの夢に女の乳房が夜の海から浮び上る美しい水母《くらげ》のやうに何度となく浮び上ることが。女たちの貴い部分がその濡れた唇をひらいて、幾十回幾百回幾千回とはてしなく、シレエヌの歌をうたひつづけることが。……

怠惰から？　おそらくは怠惰から？　といふ私の疑問。私の人生への勤勉さはすべてここから來た。私の勤勉さはとどのつまりはこの一點の怠惰の辯護に費され、その怠惰を怠惰のままですませるための安全保障に宛てられた。

まづ私は女に關する記憶のバック・ナンバアをそろへようと思ひ立つた。如何せんそれははなはだ貧弱なものだつた。

一度、十四か十五のときにこんなことがあつた。父が大阪へ轉任した日、東京驛での見送りのかへるさに、親戚の數人が私の家を訪れたのであつた。つまり母や私や妹や弟と一緒に、かれらの一行も私の家へ遊びに來たのである。なかに又從姉《またいとこ》の澄子がゐた。彼女は結婚まへで、二十くらゐであつた。

彼女の前歯はこころもち反ッ歯《そ　ぱ》だつた。それはきはめて白い美しい前歯で、その二三本を目立たせるためにわざとさうしてゐるのかと思はれるほどに、笑ふとまづ前歯が光り、そのこころもち反《そ》つてゐるさまは、いはうやうない愛嬌を笑ひに添へた。反《そ》ッ歯《は》といふこの不調和、それが顔や姿のやさしさ・美しさの調和のなかへ、一滴の香料のやうにしたたり落ち、その調和を強め、その美しさに味はひのアクセントを加へるのであつた。

愛するといふ言葉が當らないなら、私はこの又従姉が「好き」だつた。子供のころから私は彼女を遠くのはうから見てゐるのが好きだつた。彼女が紹刺をしてゐるそばで、一時間の餘《よ》も、私は何もしないでぼんやり坐つてゐることがあつた。

伯母たちが奥の部屋へ行つたあと、私と澄子とは客間の椅子に並んで掛けたまま黙つてゐた。見送りの雜沓が私たちの頭のなかを踏み荒らしたあとがまだ消えなかつた。私は何かひどく疲れてゐた。

「ああ、疲れた」

彼女は小さいあくびをして、白い指をそろへて隠した口を、おまじないのやうに、その指で二三度輕く倦《だる》さうに叩いた。

「疲れなくて？　公ちやん」

どうした加減か、澄子は兩方の袂で顏をおほふと、そばの私の腿の上にずしりと顏を落した。それからゆつくりずらすやうにして、その上で顏の向きをかへて、しばらくじつとしてゐた。私の制服のズボンは枕代りにされた光榮でわなないた。彼女の香水や白粉の匂ひが私をまごつかせた。疲れて澄んだ目をじつとひらいたまま動かない澄子の横顏が私を當惑させた。……

それつきりである。とはいへ自分の腿の上にしばし存在した贅澤な重みをいつまでも私はおぼえてゐた。肉感ではなく、何かただきはめて贅澤な喜びだつた。勳章の重みに似たものだつた。

學校のゆきかへりに、バスのなかで私はよく一人の貧血質の令孃に會つた。彼女の冷たさが私の關心を惹いた。いかにもつまらなさうな、物に倦いた樣子で窓のそとを眺めてゐる、すこし突き出た唇の硬さがいつも目についた。彼女がゐないときのバスは物足りなく思はれ、いつとなく、彼女を心宛《あ》てに乘り降りする私になつた。戀といふものかしらと私は考へた。

私にはまるでわからなかつた。戀と性慾とがどんな風にかかはりあふのか、そこのところがどうしてもわからなかつた。近江が私に與へた惡魔的な魅惑を、もちろんそのころの私は、戀といふ字で說明しようとはしてゐなかつた。バスで見かける少女へのかすかな自分の感情を、戀かしらと考へてゐるその私が、同時に、頭をテカテカに光らした若い粗野なバスの運轉手にも惹かれてゐるのであつた。無知が私に矛盾の解明を迫らなかつた。運轉手の若者の橫顏を見る私の視線には、何か避けがたい・息苦しい・辛《つら》い・壓力的なものがあり、貧血質の令孃をちらちら見る目には、どこかわざとらしい・人工的な・疲れやすいものがあつた。この二つの眼差の關はりがわからぬままに、二つの視線は、私の內部に平氣で同居し、こだはりなく共在した。

その年頃の少年として、私にあまりに「潔癖さ」の特質が缺けてゐるやうにみえること、また言ひうべくんば、私に「精神」の才能が缺けてゐるやうにみえること、かうしたことは私の烈しすぎる好奇心がいきほひ私を倫理的な關心へむかはせなかつたからだといへばそれで説明がつくにしても、この好奇心は永患ひの病人の、外界への絶望的な憧れにも似て、一面、不可能の確信とわかちがたく結びついてゐた。半ば無意識のこの確信、半ば無意識のこの絶望が、私の希みを、非望と見まがふほどに活々とさせた。

まだ年とても若いのに、私は明確なプラトニックな觀念を自分のうちに育てることを知らずにゐた。不幸だつたといふのか？ 世のつねの不幸が私にとつてどんな意味をもつてゐたらう。肉感に關する私の漠たる不安が、およそ肉の方面だけを私の固定觀念にしてしまつた。知識慾と大して逕庭のないこの純粹な精神的な好奇心を、私は私自身に「これこそ肉の慾望だ」と信じこませることに熟練し、はては私自身がほんたうに淫蕩な心をでももつてゐるやうに私をだますことに習熟した。それが私をして乙に大人ぶつた・通人ぶつた態度を身につけさせた。私はまるで女に倦きはてたやうな顏をしてゐた。

かくてまづ、接吻が私の固定觀念になつた。接吻といふこの一つの行爲の表象は、その實、私にとつて、私の精神がそこに宿りを求めてゐた何ものかの表象にすぎなかつた、と今の私なら言ふことができる。ところが當時の私はこの欲求を肉慾とあやまり信じたために、あのやうな夥しい心の假裝に憂身をやつさなければならなかつたのであつた。本然のものをいつはつてゐるといふ無意識のうしろめたさが、かくも執拗に私の意識の演技をかき立てたのであつた。しかしまたひるがへつて思ふに、人はそれほど完全におのれの天性を裏切ることができるものだらうか？　たとへ一瞬でも。

から考へなくては、欲求せぬものを欲求するといふ不可思議の心の組織《システム》を、說明しやうがないではないか。欲求するものを欲求しないといふ倫理的な人間の丁度裏側に私がゐたとすれば、私はもつとも不倫なねがひを心に抱いてゐたことにならうか。それにしてはこのねがひは可愛らしすぎるではないか。私は完全に自分をいつはり、一から十まで因襲の虜として行動したのか？　これに關する吟味は、のちのちの私にとつて忽《ゆるが》せにならぬ務めになつた。

——戰爭がはじまると、僞善的なストイシズムがこの國一般を風靡した。高等學校もその例に洩れなかつた。私たちは中等科へ入つたころからあこがれてゐた「髮を伸ばす」といふのぞみを、高等科へ進んでも當分叶へられさうにもなかつた。派手な靴下の流行も昔であつた。教練の時間がむやみと多くなり、ばからしい革新がいろいろと企てられた。

とはいふものの私の學校は、見せかけの形式主義が傳統的に巧みな校風なので、私たちはさほどの絆《ほだ》しも感ぜずに學校生活を送つてゐた。配屬將校の大佐も捌ける男だつたし、ズーズー辯からズー特と仇名されてゐた舊特務曹長のN准尉も、同僚の馬鹿特も、獅子鼻の鼻特も、校風を呑みこんで要領よくやつてゐた。校長は女性的な性格を持つた老海軍大將であつたが、彼は宮内省を後楯《うしろだて》に、のらりくらりした・當りさはりのない漸進主義で彼の地位を保つてゐた。

とかうするうちに、私は煙草をおぼえ酒をおぼえた。と謂つて、煙草も眞似事なら、酒も眞似事だつた。戰爭がわれわれに妙に感傷的な成長の仕方を教へた。それは廿代で人生を斷ち切つて考へることだつた。それから先は一切考へないことだつた。人生といふものがふしぎに身輕なものにわれわれには思はれた。てうど廿代までで區切られた生の鹹湖が、いきほひ鹽分が濃くなつて、浮身を容易にしたやうなものだ。幕の下りる時刻が程遠くないかぎり、私に見せるための私の假面劇も、もつとせつせと演じられてよかつた。しかし私の人生の旅は、明日こそ發たう、明日こそと思ひながら、一日のばしにのばされて、數年間といふもの、一向出立《しゆつたつ》のけはひもなかつた。この時代こそ私にとつて唯一の愉樂の時代ではなかつたらうか。不安は在つても漠としたそれにすぎず、私はまだ希望をもち、明日はいつも未知の青空の下に眺められた。旅の空想、冒險の夢想、私がいつかなるであらう一人前の私の肖像、それと私のまだ見ぬ美しい花嫁の肖像、私の名聲の期待、……からしたものが、てうど旅行の案内書、タオル、齒刷子と齒磨、着替のシャツ、穿替の靴下、ネクタイ、石鹸、と謂つたもののやうに、旅立ちを待つトランクのなかに、きちんと調へられてゐたあの時代、私にとつては戰爭でさへが子供らしい歡びだつた。彈丸が當つても私なら痛くはなからうと本氣で信じる過剰な夢想が、このころも一向衰へを見せてゐなかつた。自分の死の豫想さへ私を未知の歡びでをののかせるのであつた。私は自分が全てを所有してゐるやうに感じた。さもあらう。旅の仕度に忙殺されてゐる時ほど、われわれが旅を隅々まで完全に所有してゐる時はないからである。あとはただこの所有を壞す作業が殘されてゐるだけだ。それが旅といふあの完全な徒爾なのである。

やがて接吻の固定觀念が、一つの唇に定着した。それはただ、そのはうが空想を由緒ありげにみせるといふだけの動機からではなかつたらうか。欲望でも何でもないのに、私がしやにむにそれを欲望と信じようとしたことは前にも述べたとほりだ。私はつまり、それをどうでも欲望と信じたいといふ不條理な欲望を、本來の欲望ととりちがへてゐたのである。私は私でありたくないといふ烈しい不可能な欲望を、世の人のあの性慾、彼が彼自身であるところからわきおこるあの欲望と、とりちがへてゐたのである。

そのころ話も一向合はないのに親しく附合つてゐた友達があつた。額田《ぬかだ》といふこの輕薄な同級生は、初歩の獨乙語のいろんな疑問をただすのに、私を度し易い氣のおけない相手として選んだものらしかつた。何事にもはじめのうちだけ氣の乘る私は、初歩の獨乙語では、よく出來る生徒と思はれてゐた。優等生らしい（といふことは神學生めいたといふことだが）レッテルを貼られてゐた私が、内心どんなに優等生のレッテルを嫌つてゐて、（と謂つて、このレッテル以外に私の安全保障に役立つレッテルは見當らなかつたのだが、）いかほど「惡名」にあこがれてゐたかといふことを、もしかしたら額田は直感的に見拔いてゐたのかもしれなかつた。彼の友情には私の弱味をくすぐる調子のものがあつた。なぜといへ、額田は多分の嫉妬を以て硬派からにらまれてゐる男であり、彼からは、女たちの世界の消息が、てうど靈媒の靈界通信のやうに、あるかなきかに響いてゐたからである。

女たちの世界からの最初の靈媒としてはあの近江がゐた。しかしあのころの私はもつと私自身だつたので、靈媒としての近江の特質を、彼の美しさの一つに數へ立てることで滿足した。ところが額田《ぬかだ》の靈媒としての役割は、私の好奇心の超自然な枠をなした。それは一つには額田が一向美しくなかつたせいかもしれない。

「一つの唇」といふのは彼の家へ遊びに行つたときに現はれた彼の姉の唇だつた。

廿四才のこの美しい人は手もなく私を子供扱ひにした。彼女をとりまく男たちを見てゐるうちに、私は自分に女を惹きつけるやうな特徴が一向ないことがわかつて來てゐた。それは私が決して近江になれないといふことであり、ひるがへつてまた、近江になりたいといふ私のねがひは實は私の近江への愛だつたと私に納得させることだつた。

それでゐて、私は自分が額田の姉に戀してゐるのだと信じこんだ。私はいかにも私と同年輩の初心な高等學生がするやうに、彼女の家のまはりをうろついたり、彼女の家のちかくの本屋で永いことねばつてゐてその前をとほりかかる彼女をつかまへる機會を待つたり、クッションを抱きしめて女の抱心地を空想してみたり、彼女の唇の繪をいくつも描いてみたり、身も世もあらぬ樣子で自問自答してみたりした。それが何であらう。これらの人工的な努力は何か異常なしびれるやうな疲れを心に與へた。たえず自分に彼女を戀してゐると言ひきかせてゐるこの不自然さに、心の本當の部分がちやんと氣づいてゐて、惡意のある疲れで抵抗するのであつた。この精神の疲勞にはおそろしい毒があるやうに思はれた。心の人工的な努力の合間に、時あつて身のすくむやうな白々しさが私を襲ひ、その白しさから逃れるために、私はまたぬけぬけと別の空想へと進むのであつた。すると忽ち私はいきいきし、私自身になり、異常な心象へむかつてもえさかつた。しかもこの焔は抽象化されて心に殘り、あたかもこの情熱が彼女のためのものであつたかのやうに、あとからこじつけの註釋をつけるのだつた。——そして又しても、私は私をだますのであつた。

私のここまでの抒述があまりに概念的にすぎ抽象的に失してゐると責める人があるならば、私は正常な人たちの思春期の肖像と外目《よそめ》にはまつたくかはらない表象を、くどくどと描寫する氣になれなかつたからだと答へる他はない。私の心の恥部を除いたなら、以上は正常な人たちのその一時期と、心の內部までそつくりそのままであり、私はここでは完全に彼らと同じなのである。好奇心も人並であり、人生に對する欲望も人並であり、ただ內省を貪りすぎるせいか引込思案で、何かといふとすぐ顏を赤らめ、しかも女にちやほやされるほどの容貌の自信がなく、いきほひ書物にばかりかじりついてゐる、多少成績もよい二十《はたち》前の學生を想像してもらへばよい。そしてその學生がどんな風に女にあこがれ、どんな風に胸をこがし、どんな風に空しく煩悶するかを想像してもらへばよい。これくらゐ容易な、そして魅力のない想像はあるまい。私がこんな想像をそつくりなぞるやうな退屈な描寫を省いたのは當然である。内氣な學生のその甚だ生彩のない一時期、私は全くそれと同じであり、私は絶對に演出家に忠誠を誓つたのである。

かかる間《あひだ》に、私は年上の青年にばかり懸けてゐた想ひを、少しづつ年下の少年にも移すやうになつてゐた。當然のことで、年下の少年ですらあの近江の年齢になつたからである。とはいへこの愛の推移は、愛の質にもかかはりがあつた。依然として心にひそめた想ひではあるものの、私は野蠻な愛に都雅な愛をも加へるやうになつてゐた。保護者の愛のやうなもの、少年愛に類するものが、私の自然な成長によつて兆しかけてゐた。

ヒルシュフェルトは倒錯者を分類して、成年の同性にのみ魅惑を感じる一類を *androphilis* とよび、少年や少年と青年の中間の年齢を愛する一類を *ephebophilis* とよんだ。私は *ephebophilis* を理解しつつあつた。*Ephebe* は古代希臘の青年をさし、十八才から廿才までの壯丁を意味してをり、その語源はあのゼウスとヘーラーの娘・不死のヘラクレスの妻たるヘーベー（*Hebe*）に由來してゐる。女神ヘーベーはオリムプの神々の酌取をつとめ、青春の象徴であつた。

高等學校へ入つたばかりのまだ十八才の美しい少年があつた。色白の、やさしい唇となだらかな眉をもつた少年だつた。八雲《やくも》といふ名だと私は知つてゐた。私の心が彼の顔だちを嘉納した。

ところで私は、彼が何も知らないうちに、彼から一種の快樂の贈物をうけてゐた。一週間交代で最上級生の各組の組長が朝禮の號令をかけ、朝の體操のときも、午後の習練（高等學校にそんなものがあつた。まづ三十分くらゐの海軍體操があつて、それがすむと鍬をかついで防空壕堀りに行つたり、草苅りに行つたりした。）のときも、私が號令をかける一週間が、四週間おきにまはつてきた。夏が來ると、朝の體操や午後の海軍體操の時は、この作法のやかましい學校も當代の流行に押されてか、學生たちは半裸になつて體操をするやうに命じられてゐた。組長は朝禮の號令を壇上からかけ、それがすむと、「上着脱げ！」といふ號令をかけ、皆が脱ぎをはつてから組長は壇を降り、入れかはりに壇へ上つた體操の教師に「禮！」といふ號令をかけ、それから最後列の同級の列まで駈けてゆき、そこで自分も半裸になつて體操をやり、體操がをはればあとは教師が號令をかけるので、組長は用濟といふ段取であつた。號令をかけるのがほとんど寒氣《さむけ》のするほどおそろしい私であつたが、右のやうな軍隊式のぎこちない段取が、たまたま私にとつてお誂へ向きにできてゐたので、私の番の一週間はそれとなく待たれた。なぜといへ、この段取のおかげで、私は八雲のすがたを目《ま》のあたりに見ることができ、しかも私の貧弱な裸を見られるおそれなしに八雲の半裸を見ることができたからである。

八雲は大てい號令の壇のすぐ前の、最前列か次の列かに並んでゐた。このヒアキントスの頰は赤らみやすかつた。朝禮に駈けてきて整列するまぎはなど、息づかひはげしい彼の頰を見ることは快かつた。彼はよく、息をはづませながら、荒々しい手つきで上着のホックを外した。そしてワイシャツの裾のはうをズボンからむしりとるやうに激しく引抜いた。私は號令壇の上に在つて、かうして事もなげに露はにされる彼の白い滑らかな上半身を、見まいと思つても見ないわけには行かなかつた。そのため友人が、「君號令をかけるときいつも目を伏せてるね。そんなに心臟が弱いかね、君は」と何氣なしに私に言つたとき、私はひやりとした。しかしこの度《たび》も、私は彼の薔薇いろの半裸に近づく機會を得ないでしまつた。

夏の一週間を、高等科の學生全部がM市の海軍機關學校へ見學に行つたことがあつた。その一日、水泳の時間に皆はプールへ入つた。泳げない私は、腹をこはしたといふ口實でただ傍觀してゐることにしたが、日光浴は萬病の藥だと或る大尉が主張したので、われわれ病人も半裸の姿にされてしまつた。見ると病人組の一人に八雲《やくも》がゐた。彼は白い引緊つた腕で腕組みをし、心もち日に灼けた胸を微風にさらして、白い前歯で下唇をなぶるやうにじつと嚙んでゐた。見學の自稱病人たちは、プールのまはりの木蔭をえらんで固まりだしたので、私が彼に近づくのに苦勞はなかつた。私は彼のしなやかな胴まはりを目測し、彼のしづかに息づいてゐる腹をながめた。ホイットマンのかういふ詩句が思ひ出された。

……若者達は仰向いて白い腹が日光にふくらむ。

――しかしこの度《たび》も、私は言葉ひとつかけるではなかつた。私は自分の貧弱な胸廓や細い青ざめた腕を恥ぢたのである。

＊
＊　＊

昭和十九年――つまり終戰の前の年――の九月に、私は幼年時代からずつとそこにゐた學校を卒業して、或る大學へ入つた。有無を言はさぬ父の强制で、專門は法律を選ばされた。しかし遠からず私も兵隊にとられて戰死し、私の一家も空襲で一人のこらず死んでくれるものと確信してゐたので、大して苦にはならなかつた。

そのころふつうに行はれてゐたことであるが、私の入學と入れかはりに出征する先輩が、大學の制服を私に貸してくれた。私が出征するときにそれを彼の家へ返還する約束で私はそれを着て大學へ通ひだした。

空襲を人一倍おそれてゐるくせに、同時に私は何か甘い期待で死を待ちかねてもゐた。たびたび言ふやうに、私には未來が重荷なのであつた。人生ははじめから義務觀念で私をしめつけた。義務の遂行が私にとつて不可能であることがわかつてゐながら、人生は私を、義務不履行の故をもつて責めさいなむのであつた。こんな人生に死で肩すかしを喰はせてやつたら、さぞやせいせいすることだらうと私には思はれた。戰爭中の流行であつた死の教義に私は官能的に共鳴してゐた。私が萬一「名譽の戰死」でもしたら、(それはずゐぶん私には似合はしからぬことであるが、) 實に皮肉に生涯を閉ぢたことになり、墓の下での私の微笑のたねは盡きまいと思はれるのだつた。その私がサイレンが鳴ると、誰よりもはやく防空壕へ逃げこむのであつた。

……下手なピアノの音を私はきいた。

近々特別幹部候補生で入隊することになつてゐる友人の家でだつた。草野《くさの》といふこの友人を私は高等學校でいささかでも精神上の問題について語り合ふことのできた唯一の友人として大事にしてゐた。私は友人といふものを敢て持ちたがらない男だが、この唯一の友情をも傷つけかねないこれ以下の抒述を、私に強ひた私の内なるものを惨《むご》たらしく思ふ。

「あのピアノ巧いのかい？　ときどきつつかかるやうだけど」

「妹なんだよ。さつき先生がかへつたばかりで、おさらひをしてゐるんだ」

私たちは對話をやめてまた耳をすました。草野の入隊は間近であつたので、おそらく彼の耳にひびいてゐるものは、啻に隣室のピアノの音ではなく、やがて彼がそれから引き離される『日常的なもの』の、一種不出來なもどかしい美しさであつた。そのピアノの音色には、手帖を見ながら作つた不出來なお菓子のやうな心易さがあり、私は私で、から訊ねずにはゐられなかつた。

「年は？」

「十八。僕のすぐ下の妹だ」

と草野がこたへた。

――きけばきくほど、十八才の、夢みがちな、しかもまだ自分の美しさをそれと知らない、指さきにまだ稚なさの殘つたピアノの音である。私はそのおさらひがいつまでもつづけられることをねがつた。願事《ねぎごと》は叶へられた。私の心の中にこのピアノの音はそれから五年後の今日までつづいたのである。何度私はそれを錯覺だと信じようとしたことか。何度私の理性がこの錯覺を嘲つたことか。何度私の弱さが私の自己欺瞞を笑つたことか。それにもかかはらず、ピアノの音は私を支配し、もし宿命といふ言葉から厭味な持味が省かれうるとすれば、この音は正しく私にとつて宿命的なものとなつた。

私はそれよりすこし前に異様な感銘でうけとつたこの宿命といふ言葉を記憶してゐた。高等學校の卒業式のあと、校長の老海軍大將と御禮言上に宮中へ行つた自動車の中で、この目やにの溜つた陰氣な年寄が、私が特別幹部候補生の志願をせずにただの兵卒として應召するつもりでゐる決心を非難して、私の體では列兵の生活にはとても耐へられまいと力説した。

「でも僕は覺悟してゐます」

「あんたは知らんからさう言ふのだ。しかし志願の期日もすぎてしまつたし、いまさら仕方がない。これも君のデステネイだよ」

彼は宿命といふ英語を明治風に發音した。

「は？」

と私はききかへした。

「デステネイだよ。これも君のデステネイだ」

——彼は老婆心と思はれまいと警戒する老人特有の羞恥のうかがはれる無闘心さで、かう單調にくりかへした。


ピアノの少女を今までだつて私は草野の家で見てゐたにちがひなかつた。しかしあの額田の家とは正反對の清教徒風な草野の家庭では、三人の妹はつつましい微笑をのこしてすぐ隱れてしまふのであつた。草野の入隊がいよいよ近づいたので、彼と私はお互ひの家をかはるがはる訪れて名殘を惜しんだ。ピアノの音が、彼の妹に對して私をぎこちない人間にしてしまつた。あの音に耳を傾けて以來、何かしら私は彼女の祕密を聞き知つた者のやうに、彼女の顏を正面からみつめたり彼女に話しかけたりすることができかねた。たまたま彼女がお茶をはこんでくるとき、私は目のまへに輕やかに動く敏捷な脚だけを見た。モンペやズボンの流行で女の脚を見馴れないでゐるせいか、この脚の美しさが私を感動させた。

——こんな風に書くと私が彼女の脚から肉感をうけとつてゐたと釋《と》られても仕方がない。さうではなかつた。屢ゝいふとほり、私には異性の肉感についてまつたく定見といふものが缺けてゐた。それがよい證據に、私は女の裸體を見たいといふ何らの欲求も知らなかつたのだ。それでゐて私は女への愛を眞面目に考へ、例のいやな疲れが心にはびこりだしてこの「眞面目な考へ」を追ふことを邪魔しだすと、今度は私は自分が理性の勝つた人間だと考へることに喜びを見出し、自分の冷ややかな持續性のない感情を、女に飽き果てた男のそれになぞらへることで、大人ぶりたいといふ衒氣の滿足をまで併せ果してゐたわけだつた。かうした心の動きは、十錢玉を入れると動き出してキャラメルを辷らせる駄菓子屋の機械のやうに、私の中に固定した。

およそ何らいいいいいいいいの欲求ももたずに女を愛せるものと私は思つてゐた。これはおそらく、人間の歷史がはじまつて以來もつとも無謀な企てだつた。私は自らそれと知らずに、（こんな大袈裟な言ひ方は私の持ち前だからお許しねがふが）、愛の敎義のコペルニクスであらうと企てたのである。そのためには勿論私はしらずしらずプラトニックの觀念を信じてゐた。前に述べたところと矛盾するやうにみえるかもしれないが、私は眞正直に額面通りに純粹にそれを信じてゐたのである。ともすると私が信じてゐたのは、この對象ではなく、純粹さそのものではなかつたらうか？　私が忠誠を誓つたのは純粹さにではなかつたらうか？

これは後《のち》の問題だ。

時として私がプラトニックな觀念を信じてゐないやうにみえたのも、私に缺けてゐる肉感といふ觀念へともすると傾きがちな私の頭腦と、大人ぶりたい病ひの滿足に與《あづか》りがちなあの人工的な疲れとのせいだつた。いはば私の不安からだつた。

戰爭の最後の年が來て私は廿一才になつた。新年匆々われわれの大學はM市近傍のN飛行機工場へ動員された。八割の學生は工員になり、あとの二割、虚弱な學生は事務に携はつた。私は後者であつた。それでゐて去年の檢査で第二乙種合格を申し渡されてゐた私には今日明日にも令狀の來る心配があつた。

黃塵の湧き立つ荒涼としたこの地方に、横切るだけで卅分もかかる巨大な工場が、數千人の工員を動かして活動してゐた。私もその一人、四四〇九番、假從業員第九五三號であつた。この大工場は資金の回收を考へない神祕的な生産費の上にうちたてられ、巨大な虚無へ捧げられてゐた。朝毎に神祕な宣誓がとなへられるのも故あることだつた。私はこんなふしぎな工場を見たことがない。近代的な科學の技術、近代的な經營法、多くのすぐれた頭腦の精密な合理的な思惟、それらが擧《あ》げて一つのもの、すなはち「死」へささげられてゐるのであつた。特攻隊用の零《ゼロ》式戰鬪機の生産に向けられたこの大工場は、それ自身鳴動し・唸り・泣き叫び・怒號してゐる一つの暗い宗敎のやうに思はれた。何らかの宗敎的な誇張なしには、かうした厖大な機構もありえないやうに私には思はれた。重役どもが私腹を肥やしてゐるところまで宗教的だつた。

時あつて空襲警報のサイレンが、この邪まな宗教の黑彌撒《くろミサ》の時刻を告げしらせた。事務室は色めいて、「情報はどうだべえ」と田舍訛りを丸出しにした。この部屋にはラヂオがなかつた。所長室附の女の子が、「敵數編隊よ」なぞと注進に來た。とかうするうちに、擴聲器のだみ聲が、女子學徒と國民學校兒童の待避を命じた。救護係が、「止血時　分」と印刷した赤い荷札のやうなものを配つてあるいた。負傷して止血したときこの札に時間を記入して胸にさげるのである。サイレンが鳴つてから十分とたつたかたたぬに、「全員待避」を擴聲器が告げた。

事務員たちは重要書類の箱を抱へて、地下の金庫へいそぐのだつた。それらを藏ひをはると我がちに地上へ駈け出し、廣場を横切つて駈けてゆく鐵兜や防空頭布の群衆に加はつた。群衆は正門をめざして奔流してゐた。正門の外は荒涼とした黃いろい裸かの平野であつた。七八百米へだたつた緩丘の松林に無數の待避壕が穿《うが》たれてゐた。それへ向つて、砂塵のなかを、一筋の道にわかれた無言の・苛立たしい・盲目的な群衆が、ともかくも「死」ではないもの、よしそれが崩れやすい赤土の小穴であつても、ともかくも「死」ではないもののはうへと駈けるのだつた。

たまたま休日にかへつた自宅で、私は夜の十一時に召集令狀をうけとつた。二月十五日に入隊せよといふ電文だつた。

私のやうなひよわな體格は都會ではめづらしくないところから、本籍地の田舍の隊で檢査をうけた方がひよわさが目立つて採られないですむかもしれないといふ父の入知惠で、私は近畿地方の本籍地のH縣で檢査をうけてゐた。農村青年たちがかるがると十囘ももちあげる米俵を、私は胸までももちあげられずに、檢査官の失笑を買つたにもかかはらず、結果は第二乙種合格で、今又令狀をうけて田舍の粗暴な軍隊へ入隊せねばならないのであつた。母は泣き悲しみ、父も少なからず悄氣《しよげ》てゐた。令狀が來てみるとさすがに私も氣が進まなかつたが、一方景氣のよい死に方の期待があるので、あれもよしこれもよしといふ氣持になつた。ところが工場で引きかけてゐた風邪が行きの汽車の中で募つて來、祖父の倒産以來一坪の土地もない鄕里の、昵懇な知人の家に到着すると、はげしい熱で立つてゐることも叶はなかつた。しかしそこの家の手厚い看護と、なかんづく多量に嚥んだ解熱劑が利目をあらはしたので、私は一應威勢よく人に送られて營門をくぐつた。

藥で抑へられてゐた熱がまた頭をもたげた。入隊檢査で獸のやうに丸裸かにされてうろうろしてゐるうちに、私は何度もくしやみをした。靑二才の軍醫が私の氣管支のゼイゼイいふ音をラッセルとまちがへ、あまつさへこの誤診が私の出たらめの病狀報告で確認されたので、血沈がはからされた。風邪の高熱が高い血沈を示した。私は肺浸潤の名で即日歸鄕を命ぜられた。

營門をあとにすると私は駈け出した。荒涼とした冬の坂が村のはうへ降りてゐた。あの飛行機工場でのやうに、ともかくも「死」ではないもの、何にまれ「死」ではないもののはうへと、私の足が駈けた。

……夜行列車の硝子の破れから入る風を避けながら、私は熱の悪寒と頭痛に悩まされた。どこへ歸るのかと自分に問うた。何事にも踏切りのつかない父のおかげでまだ疎開もせずに不安におびえてゐる東京の家へか？　その家をとりかこむ暗い不安にみちた都會へか？　家畜のやうな目をして、大丈夫でせうか大丈夫でせうかとお互ひに話しかけたがつてゐるやうなあの群衆の中へか？　それとも肺病やみの大學生ばかりが抵抗感のない表情で固まり合つてゐるあの飛行機工場の寮へか？

尖りかかつた椅子の板張りが、汽車の震動につれて私の背にゆるんだ板の合せ目を動かしてゐた。たまたま私が家にゐるときに空襲で一家が全滅する光景を私は目をとぢて思ひゑがいた。いはうやうない嫌惡がこの空想から生れた。日常と死とのかかはり合ひ、これほど私に奇妙な嫌惡を與へるものはないのだつた。猫でさへ人に死樣《しにざま》を見せぬために、死が近づくと姿を隱すといふではないか。私が家族の むごたらしい死樣を見たり、私が家族に見られたりするといふこの想像は、それを思つただけで嘔吐を胸もとまでこみ上げさせた。死といふ同じ條件が一家を見舞ひ、死にかかつた父母や息子や娘が死の共感をたたへて見交はす目つきを考へると、私にはそれが完全な一家愉樂・家族團欒の光景のいやらしい複製としか思へないのだつた。私は他人の中で晴れ晴れと死にたいと思つた。明るい天日の下に死にたいと希つたアイアスの希臘的な心情ともそれはちがつてゐた。私が求めてゐたものは何か天然自然の自殺であつた。まだ狡智長《た》けやらぬ狐のやうに、山ぞひをのほほんと歩いてゐて、自分の無知ゆゑに獵師に射たれるやうな死に方を、と私はねがつた。

――それなら軍隊は理想的ではなかつたらうか？　それをしも私は軍隊に希つてゐたのではなかつたか？　何だつて私はあのやうにむきになつて軍醫に嘘をついたのか？　何だつて私は微熱がここ半年つづいてゐると言つたり、肩が凝つて仕方がないと言つたり、血痰が出ると言つたり、現にゆうべも寢汗がびつしより出た（當り前だ。アスピリンを嚥んだのだもの）と言つたりしたのか？　何だつて私は、即日歸鄕を宣告されたとき、隱すのに骨が折れるほど頰を押して來る微笑の壓力を感じたのか？　何だつて私は營門を出るとあんなに駈けたのか？　私は希望を裏切られたのではなかつたか？　うなだれて、足も萎えて、とぼとぼと歩かなかつたのは何事か？

軍隊の意味する「死」からのがれるに足りるほどの私の生が、行手にそびえてゐないことがありありとわかるだけに、あれほど私を營門から駈け出させた力の源が、私にはわかりかねた。私はやはり生きたいのではなからうか？　それもきはめて無意志的に、あの息せき切つて防空壕へ駈けこむ瞬間のやうな生き方で。

　すると突然、私の別の聲が、私が一度だつて死にたいなどと思つたことはなかつた筈だと言ひ出すのだつた。この言葉が羞恥の縄目をほどいてみせた。言ふもつらいことだが、私は理會した。私が軍隊に希つたものが死だけだといふのは僞はりだと。私は軍隊生活に何か官能的な期待を抱いてゐたのだと。そしてこの期待を持續させてゐる力といふのも、人だれしもがもつ原始的な呪術の確信、私だけは決して死ぬまいといふ確信にすぎないのだと。……

　……しかしながらこの考へは私にとつていかにも好もしからぬものだつた。むしろ私は自分を「死」に見捨てられた人間だと感じることのはうを好んだ。死にたい人間が死から拒まれるといふ奇妙な苦痛を、私は外科醫が手術中の内臓を扱ふやうに、微妙な神經を集中して、しかも他人行儀にみつめてゐることを好んだ。この心の快樂の度合は殆ど邪まなものにさへ思はれた。

大學はN飛行機工場と感情的に衝突して學生全部を二月いつぱいで引揚げさせた上、三月一ト月は講義を再開し、四月はじめから又別の工場へ動員されるといふスケジュールを組んだ。二月末には小型機が千機ちかく襲來した。三月の講義といつても名目だけのものになることは知れてゐた。

かうして戰爭のまつさい中に何の役にも立たない一ヶ月の休暇がわれわれに與へられた形になつた。濕つた花火を與へられたやうなものだつた。しかしなまじつか用立てやすい乾パンの一袋をもらふより、この濕つた花火の贈物のはうが私にはうれしかつた。いかにも大學の呉れるものらしく間の拔けた贈物だつたから。——この時代には、何の役にも立たないといふだけでも、大した贈物だつたのだ。

私の風邪が治つて數日のち、草野の母から電話がかかつた。M市近傍の草野の隊で三月十日にはじめて面會がゆるされるので一緒に行かないかといふ電話であつた。

私は承諾し、打合せのために間もなく草野の家を訪れた。夕方から八時までの間がそのころいちばん安全な時間とされてゐた。草野の家では食事がすんだところだつた。彼の母は未亡人であつた。母と三人の妹がゐる炬燵に私は招かれた。母があのピアノの少女を私に紹介したが、園子《その》といふ名であつた。ピアノの名手であるI夫人と同じ名であるところから、私はあのときさいたピアノの音にかけていささか皮肉な冗談を言つた。十九才の彼女は暗い遮光電燈のかげで赤くなり、ものを言はなかつた。紅い革のジャケットを園子は着てゐた。

三月九日の朝、私は草野の家に近い或る驛の歩廊で草野家の人たちを待つた。線路を隔てた店つづきが强制疎開で壞されかけてゐるさまがつぶさにみえた。淸冽な早春の大氣をそれが新鮮なめりめりといふ音で引裂いた。裂かれた家からは、まばゆいやうな新らしい木肌が見えてゐるところもあつた。

まだ朝は寒かつた。ここ數日といふものついぞ警報がきかれなかつた。その間に空氣はいよいよ澄明に磨かれ、今は危ふく崩壞の兆もみせて纖細にはりつめてゐた。彈《はじ》けば氣高く鳴りひびく絃《いと》のやうな大氣であつた。いはば音樂へあと數瞬間で達しようとしてゐる豐かな虛しさにみちた靜寂を思はせた。人氣《ひとけ》のないプラットフォームにおちた冷ややかな日ざしでさへ、何かしら音樂の豫感のやうなものにおののいてゐた。

と、むかうの階段を青いオーヴァーの少女が降りて來た。彼女は小さい妹の手を引き、一段々々妹を見戍りながら足を運んでゐた。大きいはうの十五六の妹は、この徐行にしびれを切らして、それでも先にどん〳〵下りてしまはずに、わざとジグザグに閑散な階段を傳はつてゐた。

園子はまだ私に氣づいてゐない樣子であつた。私のはうからはありありとみえた。生れてこのかた私は女性にこれほど心をうごかす美しさをおぼえたことがなかつた。私の胸は高鳴り、私は潔らかな氣持になつた。かう書いたところで、ここまで讀んで來た讀者はなかなか信じまい。なぜといへ、額田の姉に對する私の人工的な片思ひと、この胸の高鳴りとを區別する何ものもなからうからだ。あの場合の苛責ない分析が、この場合だけ閑却される理由はないからだ。さうとすれば書くといふ行爲ははじめから徒爾《あだごと》になつてしまふ。私が書いてゐることはかう書きたいといふ欲望の産物にすぎなく思はれるからだ。そのためには私は辻褄を合はせておけば萬事ＯＫだからだ。しかし私の記憶の正確な部分が、今までの私との一點の差異を告げるのである。それは悔恨であつた。

園子はもう二三段で下りきらうとするとき私に氣づき、寒氣にさえた新鮮な頰のほてりのなかで笑つた。黑目勝ちの、幾分瞼の重い、やゝ睡たげな目が輝やいて何か言はうとしてゐた。そして小さい妹を十五六の妹の手にあづけると、光りの搖れるやうなしなやかな身ぶりで私のはうへ步廊を駈けて來た。

私は私のはうへ駈けてくるこの朝の訪れのやうなものを見た。少年時代から無理矢理にゑがいてきた肉の屬性としての女ではなかつた。もしそれならば私はまやかしの期待で迎へればよかつた。しかし困つたことに私の直感が園子の中にだけは別のものを認めさせるのだつた。それは私が園子に値ひしないといふ深い處ましい感情であり、それでゐて卑屈な劣等感ではないのだつた。一瞬毎に私へ近づいてくる園子を見てゐたとき、居たたまれない悲しみに私は襲はれた。かつてない感情だつた。私の存在の根柢が押しゆるがされるやうな悲しみである。今まで私は子供らしい好奇心と僞はりの肉感との人工的な合金《アマルガム》の感情を以てしか女を見たことがなかつた。最初の一瞥からこれほど深い・説明のつかない・しかも決して私の假裝の一部ではない悲しみに心を搖ぶられたことはなかつた。悔恨だと私に意識された。しかし私に悔恨の資格を與へた罪があつたであらうか？　明らかな矛盾ながら、罪に先立つ悔恨といふものがあるのではなからうか？　私の存在そのものの悔恨が？　彼女の姿がそれを私によびさましたのであらうか？　ややもすれば、それは罪の豫感に他ならないのであらうか？

——園子はすでに抗《あらが》ひがたく私の前に立つてゐた。私がぼんやりしてゐるので、やりかけたお辭儀をもう一度はつきりとしてみせた。

「お待ちになりまして？　母やお祖母さま（と彼女は妙な語法を使つて赤くなつた）はまだお仕度が出來なくて遲くなりさうでございますの。あの、もうちよつと待つて、（彼女はつつしみぶかく言ひ直した）、　もうちよつとお待ちいたゞいて、まだまゐりませんやうでしたら、さきにU驛へ御一緒にまゐりません？」

彼女はたどたどしい切口上でこれだけいふと、もう一度胸で息をした。園子は大柄な少女だつた。背丈は私の額ほどまであつた。非常に優雅な均整のとれた上體と、美しい脚とをもつてゐた。お化粧をしてゐない稚なげな丸顔は、お化粧を知らない無垢な魂の似顔のやうであつた。唇はすこしひびわれて、そのせいで何か却つてなまなましい色にみえた。

それから私たちは二言三言手持無沙汰な會話をした。私は全力をあげて快活であらうとし、全力をあげて機智ゆたかな青年であらうとした。しかもさういふ私を私は憎んだ。

電車は何度か私たちのかたはらに停り、また鈍い軋《きし》めきを立てて出て行つた。この驛での乘り降りは激しくなかつた。私たちが心地よく浴びてゐる日光がそのたびに遮られるだけだつた。しかし車體が立去るごとに私の頬によみがへる日ざしの和やかさが私を戰慄させた。こんなにも豊かにめぐまれた日光が私の上にあり、こんなに何事もねがはない刻々が私の心にあることは、何か不吉な光、たとへば數分後に突然の空襲があつて私たちが立ちどころに爆死すると謂つた不吉の兆でなければならぬやうな氣がした。私たちはわづかな幸福をも享けるに慣ひしない氣持でゐた。が、これを裏からいふと、私たちはわづかな幸福をも恩寵だと考へる惡習に染まつてゐた。かうして園子と言葉すくなに向ひあつてゐることが、私の心に與へた效果は正にそれだつた。おそらく園子を支配してゐたものも同じ力であつたにちがひない。

園子の祖母や母はなかなか來なかつたので、何臺目かの電車に私たちは乘つてU驛へ向つた。

U驛の雜沓のなかで、私たちは草野と同じ隊にゐる息子に面會にゆく大庭《おほば》氏に呼びとめられた。頑固に中折帽と背廣を固執してゐるこの中年の銀行家は、園子とも顏見知りの娘をつれてゐた。彼女が園子に比べてはるかに美しくないことが、何故か私を喜ばせた。この感情は何事だらう。園子が彼女と、交叉させた兩手を親しげに握り合つてふりまはしてゐる、その無邪氣なはしやぎ方を見てゐても、園子には美しさの特權である安らかな寛容の具はつてゐるのが知れ、彼女をいくらか年よりも大人らしく見せてゐるのもこれだといふ發見からだつた。

汽車は空いてゐた。偶然のやうに私と園子は窓ぎはへ向ひ合つて腰を下ろした。大庭氏の一行は女中を入れて三人だつた。そしてやつと揃つたこちらの人數は六人だつた。九人で横一列の席を占めるとすると、一人あまる勘定だつた。

私は自分でもそれと知らずにこの素早い計算を暗算した。園子もしてゐたのであらうか。二人は向ひあつてどしんと腰を下ろすと惡戯さうな微笑を交はした。

計算のむつかしさがこの離れ小島を默認する結果になつた。儀禮上、園子の祖母と母は大庭氏父娘と向ひ合はねばならなかつた。園子の小さい妹は妹で、お母樣の顏と外の景色と兩はう見える場所をすぐさま選んだ。彼女の小さい姉がこれに追隨した　だからそこの座席は大庭家の女中がおませの女の子二人を預つた運動場のやうなものになつた。古ぼけた椅子の背が、かれら七人から私と園子を隔離した。

汽車が走り出さないうちから一行を制壓したのは大庭氏のお喋りだつた。この聲低《こゑびく》の女性的なお喋りは相手に合槌を打つこと以外の權利を斷じて與へなかつた。草野家のお喋りの代表である氣の若い祖母でさへが呆氣にとられてゐる樣子が椅子の壁ごしにわかつた。祖母も母も、「はあ、はあ」と言つたきり、要所要所で笑ふ仕事に追ひまくられてゐた。大庭氏の娘にいたつては一言も口をきかなかつた。やがて汽車がうごきだした。

驛を離れると、汚れた窓硝子をとほしてくる日ざしが、凸凹の窓枠や、園子と私の外套の膝のうへに落ちた。彼女も私も隣りのお喋りに耳をすましながら默つてゐた。時折彼女の口に微笑がにじんで來た。すぐそれは私に傳染した。そのたびに私たちの目が合つた。するとまた園子は、隣りの聲に耳をすます・きらきらした・惡戲つぽい・心おきなげな眼差になつて私の視線をのがれた。

「わたくしは死ぬときはこの恰好で死ぬつもりでございますよ。國民服やゲートルの恰好で死んでは、死んでも死にきれないではございませんか。わたくし娘にもズボンを穿かせないのでございますよ。女らしい恰好で死なせてやることが親の慈悲ではございませんか」

「はあ、はあ」

「話はちがひますが、お荷物を疎開なさるときはわたくしに御申しきかせ下さいませ。男手のない御家庭は何かと御不自由でございませう。何なりとわたくしに御申しきかせ下さいませ」

「おそれいります」

「T温泉の倉庫を買ひ切りましてわたくしどもの銀行の行員の荷物はみなそこへ廻してやつてをるのでございますよ。ここなら安全まちがひなしと申してよろしうございませう。ピアノでも何でも結構でございますよ」

「おそれいります」

「話はちがひますが、御子息様の隊の隊長はよい人のやうでお倖せでございますな。うちの息子のはうの隊長は面會の時もつてくる喰べ物の上前をはねるさうでございますからね。もうかうなると海のあちらと變りませんですな。面會日のあくる日に隊長が胃痙攣をおこしたさうでございますよ」

「さあ、おほほほ」

――園子はまた口もとを微笑が押してくるので不安さうだつた。そして手提の中から文庫本を出した。私は少し不服だつた。しかもその本の名に興味が持たれた。

「何ですか?」

彼女はひろげた本の背を、笑ひながら顔の前に、扇のやうにかざして見せた。それは『水妖記』――括弧して――(ウンディーネ)と讀まれた。

――うしろの椅子で立上つた氣配がした。園子の母であつた。彼女は末の娘が座席の上でとんだりはねたりするのを鎭壓しかたがた、大庭氏のお喋りから逃げ出すつもりらしかつた。しかしそればかりではなかつた。母はこの騒がしい少女と姉のおしやまな少女とを私たちの座席へ引き連れて來てから言ふのだつた。

「さあ、この騒々しい人たちもお仲間入りをさせて下さいまし」

園子の母は優雅な美しい人だつた。彼女のやさしい物言ひを彩る微笑は時あつていたいたしいものにさへ見えた。かう言つたときの彼女の微笑も私には何か悲しげな不安なものにみえた。母が行つてしまふと私と園子はまたちらりと目を合はせた。私は胸のポケットから手帖を出し、引きちぎつた一枚の紙片に鉛筆でこんな風に書いた。

『お母さまは氣にしていらつしやいますよ』

「なあに？」

園子は斜めに顔をさし出した。子供らしい髪の匂ひがした。紙片の字を讀みをはると、項《うなじ》まで赤くなつてうつむいた。

「ねえ、さうでせう」

「あら、あたくし……」

また私たちの目が合ひ、了解が成立した。私もまた頰がもえ立つのを感じた。

「お姉さま、それなあに？」

小さい妹が手を出した。園子が紙片をすばやく隱した。中《なか》の妹には、もうかうした經緯の意味が察せられるものらしかつた。彼女は少なからずお冠りになつて、つんとしてゐた。小さい妹を大袈裟に叱りつけるのでそれがわかつた。

私と園子は、このきつかけのおかげで、却つてずつと話しやすくなつた。彼女は學校のことだの今まで讀んだいくつかの小說のことだの兄のことだのを話し、私は私で話をすぐ一般論へもつて行つた。誘惑術の初步である。私たちがあまり親密に話し合つて二人の妹をないがしろにするので、彼女たちはまたもとの席へかへつてしまつた。するとまた母が困つたやうに笑ひながら、この二人のあまり役に立たない御目附役を、私たちの傍らへ連れ戾すのだつた。

その夜、草野の隊に近いM市の宿に一同がおちつくと、もう寢る時刻が迫つてゐた。大庭氏と私とに一室が宛てがはれた。

二人きりになると銀行家は、露骨な反戰論を御披露した。昭和廿年の春ともなればもう反戰論は寄るとさはると囁かれてゐたので聞き飽きた形であつた。融資先の大きな陶器會社で、戰災の埋め合せの名目の下に、平和をあてこんで大規模な家庭用陶磁器の生產をもくろんでゐるといふ話や、ソヴィエトに和平を申込んでゐるらしいといふ話が聲低に喋りつづけられるのはやりきれなかつた。私にはもつとひとりで考へてみたいことがあつた。

眼鏡を外してへんに腫れぼつたく見える彼の顔が、消したスタンドがひろげる翳に沒して、無邪氣な溜息を二三度蒲團全體にゆるやかにゆきわたらせてから、やがて寢息を立てだすと、私は枕に敷いた新しいタオルがほてつた頰をつきさすのを感じながら、考へ事に耽つた。

一人になるといつも私をおびやかす暗い苛立たしさに搗《か》てて加へて、今朝ほど園子を見たときに私の存在の根柢をおしゆるがした悲しみが、また鮮明に私の心に立ち返つてゐた。それが今日私の言つた一言一句、私のした一擧手一投足の僞りをあばき立てた。それといふのも、僞りだとする斷定が、もしかしてその全部が僞りかもしれないと思ひ迷ふ辛い臆測よりもまだしも辛くはなかつたので、それを殊更にあばき立てるやり方が、いつかしら私にとつて心安いものになつてゐたからだ。かうした場合も、人間の根本的な條件と謂つたもの、人間の心の確實な組織と謂つたものへの私の執拗な不安は、私の內省を實《みの》りのない堂々めぐりへしか導かなかつた。他の青年ならどう感じるだらう、正常な人間ならどう感じるだらうといふ脅迫觀念が私を責め立て、私が確實に得たと思つた幸福の一トかけらをも、忽ちばらばらにしてしまふのであつた。

例の「演技」が私の組織の一部と化してしまつた。それはもはや演技ではなかつた。自分を正常な人間だと装ふことの意識が、私の中にある本來の正常さをも侵蝕して、それが装はれた正常さに他ならないと、一々言ひきかさねばすまぬやうになつた。裏からいへば、私はおよそ贋物をしか信じない人間になりつつあつた。さうすれば、園子への心の接近を、頭から贋物だと考へたがるこの感情は、實はそれを眞實の愛だと考へたいといふ欲求が、假面をかぶつて現はれたものかもしれなかつた。これでは私は自分を否定することさへ出來ない人間になりかかつてゐるのかもしれなかつた。

――かうしてやうやくうとうとしたかと思ふと、夜の大氣を例の不吉な・しかしどことなしに魅するやうな唸りがつたはつてきた。

「警報ぢやありませんか」

私は銀行家の目ざとさにおどろかされた。

「さあ」

私はうやむやな返事をした。サイレンは永々と微かにつづいてゐた。

面會時間が早いので一同は六時に起きた。

「ゆうべサイレンが鳴つたでせう」

「いいえ」

洗面所で朝の挨拶を交はしたとき園子は眞顔で否定した。部屋へかへるとそれが妹たちから園子がからかはれる好い材料になつてゐた。

「御存知ないのお姉様だけよ。わあをかしい」

小さい妹が尻馬に乘つて言ふのだつた。

「わたくしだつてちやんと目がさめてよ。さうしたらお姉様の大きないびきがきこえたことよ」

「さうよ。わたくしもきいたことよ。あんまり猛烈ないびきだもんでサイレンがよくきこえなかつたくらゐだわ」

「言つたわね。證據をお出しなさい」——園子は私の前なので眞赤になつて力んでゐた。

「そんなひどい嘘をつくと、あとが怖いわよ」

私には一人の妹しかなかつた。子供のころから女の姉妹の澤山ゐる賑かな家に憧れてゐた。このふざけ半分の騒々しい姉妹喧嘩が私の目にこの世の幸福のいちばん鮮やかな確かな映像として映つた。それがまた私の苦痛をよびさました。


朝食の話題は三月に入つておそらくはじめての昨夜の警報のことでもちきりだつた。警戒警報ばかりでたうとう空襲警報が鳴らなかつたから大したことはあるまいといふ結論に皆が落着きたがつた。私としてはどちらでもよかつた。私が留守中に私の家が丸焼けになり、父母兄妹《きやうだい》が皆殺しにされてゐたら、それもさつぱりしてよからうと考へた。別段酷薄な空想とは思へなかつた。想像しうる限りの事態が平氣で起るやうな毎日なので、却つてわれわれの空想力が貧しくされてしまつてゐた。たとへば一家全滅の想像は、銀座の店頭に洋酒の罎がズラリと並んだり、銀座の夜空にネオンサインが明滅したりすることを想像するよりもずつと容易《たやす》いので、易きに就くだけのことだつた。抵抗を感じない想像力といふものは、たとひそれがどんなに冷酷な相貌を帶びようと、心の冷たさとは無緣なものである。それは怠惰なまぬるい精神の一つのあらはれにすぎなかつた。

ゆうべ一人になつた時の悲劇役者めいた私とは事かはつて、宿を出るときの私は、はやくも輕薄な騎士氣取で園子の荷物を持ちたがつた。それも皆のゐる前でわざと效果をねらふやり方だつた。さうすれば彼女の遠慮は私への遠慮といふよりも、祖母や母を憚る意味の遠慮に飜譯され、この結果に彼女自身がまた欺されて、祖母や母をも憚るほどの私との親しみを、ありありと、意識する筈だつた。この小さな策略は功を奏した。鞄を私の手にあづけると、彼女は申譯のやうに、私の傍らを離れなくなつた。同じ年頃の友達がゐるのに彼女とは話さないで、私とばかり話す園子を、私は時々ふしぎな氣持でながめやつた。春さきの埃つぽい向ひ風に、園子の哀切なほど無垢な甘つたれ聲が吹きちぎられた。私は外套の肩を上げ下げして彼女の鞄の重みを試した。この重さが、私の心の奧底にわだかまるお尋ね者の疾《や》ましさに似たものを、辛うじて辯護した。——町外れまで來るか來ぬかに、祖母がまづ音《ね》を上げた。銀行家が驛まで引返して、何か巧みな手を使つたらしく、程なく一行のために二臺のハイヤーを雇つてかへつて來た。

「よお、しばらく」

草野と握手した私の手は、伊勢蝦の殼にさはつたやうな感觸にたじたじとなつた。

「この手……どうしたんだ」

「ふふ、おどろいたらう」

彼にはもう新兵特有のうそ寒いいぢらしさが身に着いてゐた。手をそろへて私の前にさし出した。赤ぎれとひびと霜焼けが、塵芥と油に固められて、海老の甲羅のやうないたましい手を作り上げてゐるのだ。しかもそれは濕《しと》つた冷たい手であつた。

その手が私をおびやかした仕方は、てうど現實が私をおびやかす仕方そのままだつた。私はさういふ手に本能的な恐怖を感じた。その實私が恐怖を感じてゐるのは、この假借ない手が私の中に告發し、私の中に訴追する何ものかだつた。この手の前にだけは何事も僞はれないといふ怖れであつた。かう考へるやいなや、園子といふもう一つの存在が、この手に抵抗する私の柔弱な良心の、唯一の鎧、唯一の鎖帷子と謂つた意味をもち出した。私は是が非でも彼女を愛さなければならぬと感じた。それが私の、例の奥底の疾《や》ましさよりも更に奥底によこたはる當爲となつた。……

何も知らぬ草野が無邪氣に言ふのだつた。

「風呂の時なんか、この手で擦《こす》れば、垢すりが要らないよ」

輕い吐息が彼の母の口から洩れた。私はこの場の自分を、恥しらずな餘計者としてしか感じることができなかつた。園子が何の氣なしに私を見上げた。私は頭を垂れた。不條理ながら、私は彼女に何事かを詫びねばならないやうな氣持でゐたのである。

「外へ出ようや」

彼が祖母と母の背を少しきまりわるげな亂暴さで押し出した。吹きつさらしの營庭の枯芝に、それぞれの家族が車座になつて、候補生たちに御馳走をたべさせてゐた。殘念なことに、どう目をこすつてみても、私にはそれが美しい情景とは見えなかつた。

やがて草野も同じやうに車座の中央に胡坐をかき、西洋菓子を頰張りながら、目ばかりぎよろぎよろさせて、東京の方角の空を指した。この丘陵地帯からは枯野のかなたにM市の展がる盆地が望まれ、その更にむかうの低い山脈の折れ合ふ間隙が、東京の空だといふことだつた。早春の冷たい雲がそのあたりに稀薄な翳を落してゐた。

「ゆうべ、あそこが眞赤にみえたんだから大變だよ。君の家だつて殘つてゐるかどうかわかりやしないよ。あの空一面が赤く見えるなんて、今までの空襲ではなかつたことなんだ」

――草野は一人で威丈高に喋り、祖母や母たちが一日も早く疎開してくれなければ毎晩おちおち眠れないと訴へた。

「わかりました。早速疎開しませうね。おばあさんが約束しました」

祖母が勝氣に言ふのだつた。そして帶の間から小さな手帖と、妻楊子ほどの燻し銀のシャープ・ペンシルをとり出して、何やら克明に書きつけた。

かへりの汽車は憂鬱だつた。驛で落ち合つた大庭氏も、打つてかはつて沈默を守つた。

皆が例の「骨肉の情愛」といふもの、ふだんは隠れた内側が裏返しにされてひりひりと痛むやうな感想の虜になつた體《てい》だつた。おそらくお互ひに會へばそれ以外に示しやうのない裸かの心で、かれらは息子や兄や孫や弟に會つたあげく、その裸かの心がお互ひの無益な出血を誇示するにすぎない空しさに氣づいたのだつた。私は私で、あのいたましい手の幻影に追つかけられてゐた。灯ともし頃、私たちの汽車は、省線電車に乗りかへる〇驛に着いた。

そこで私たちははじめて昨夜の空襲の被害の明證にぶつかつた。ブリッヂが戰災者で一杯だつた。彼らは毛布にくるまつて、何も見ず何も考へない眼を、といふよりは單なる眼球をさらしてゐた。同じ振幅で膝の子供を永遠にゆすぶつてゐるつもりかとみえる母親がゐた。行李にしなだれて、半ば焦げた造花を髪につけた娘が眠つてゐた。

その間をとほる私たち一行は非難の眼差でさへ報いられなかつた。私たちは默殺された。彼らと不幸を頒たなかつたといふそれだけの理由で、私たちの存在理由は抹殺され、影のやうな存在と見做された。

それにもかかはらず、私の中で何ものかが燃え出すのだつた。ここに居並んでゐる「不幸」の行列が私を勇氣づけ私に力を與へた。私は革命がもたらす昂奮を理解した。彼らは自分たちの存在を規定してゐたもろもろのものが火に包まれるのを見たのだつた。人間關係が、愛憎が、理性が、財産が、目《ま》のあたり火に包まれたのを見たのである。そのとき彼らは火と戰つたのではなかつた。彼らは人間關係と戰ひ、愛憎と戰ひ、理性と戰ひ、財産と戰つたのである。そのとき彼らは難破船の乘組員同樣に、一人が生きるためには一人を殺してよい條件が與へられてゐたのである。戀人を救はうとして死んだ男は、火に殺されたのではなく、戀人に殺されたのであり、子供を救はうとして死んだ母親は、他ならぬ子供に殺されたのである。そこで戰ひ合つたのはおそらく人間のかつてないほど普遍的な、また根本的な諸條件であつた。

私は目ざましい劇が人間の面《おもて》にのこす疲勞のあとを彼らに見た。私に何らかの熱い確信がほとばしつた。ほんの幾瞬間かではあるが、人間の根本的な條件に關する私の不安が、ものの見事に拭ひ去られたのを私は感じた。叫びだしたい思ひが胸に充ちた。

もうすこし私が内省の力に富み、もうすこし叡智にめぐまれてゐたとしたら、私はその條件の吟味に立入りえたかもしれなかつた。しかし滑稽なことに、一種の夢想の熱さが、園子の胴に私の腕をはじめて廻させた。もしかしたらこの小さな動作でさへ、愛といふ呼び名がもはや何ものでもないことを、私自身に敎へてゐたのかもしれない。私たちはさうしたまま、一行に先立つて暗いブリッヂを足早に通りぬけた。園子も何も言はなかつた。

——が、ふしぎなほど明るい省線電車の車内に私たちが落ち合つて顏を見交したとき、私は園子の私を見つめてゐる目が、何か切羽《せつぱ》づまつたやうな、それでゐて黒い柔軟な輝きを放つてゐるのに氣づいた。

都内の環狀線に乘りかへると九割方が罹災者の乘客だつた。ここにはもつと露はな火の匂ひが息捲いてゐた。人々は聲高に、むしろ誇らしげに、自分たちが今くぐつて來た危難のことを語つてゐた。彼らは正しく「革命」の群衆だつた。なぜなら彼らは輝やかしい不滿・充溢した不滿・意氣昂然たる・上機嫌な不滿を抱いた群衆であつたからだ。

私一人はS驛で一行と別れた。彼女の鞄が彼女の手に返された。眞暗な道を家まで歩きながら、何度か私は、自分の手がもうあの鞄をもつてゐないことに思ひ當るのだつた。すると私には、あの鞄が私たちの間でどんなに重要な役割を果してゐたかがわかつた。それはささやかな苦役だつた。私にとつて良心があまり上のはうまでのし上つて來ないためには、いつも錘りが、いひかへれば苦役が入用《いりよう》だつたのである。

家の者はけろりとした表情で私を迎へた。東京と云つても廣いものだつた。

二三日して私は園子に貸す約束をした本を携へて草野家を訪れた。こんな場合、廿一才の男の子が十九才の少女のために選ぶ小説といへば、題名を並べなくても大抵見當がつく筈だ。自分が月並なことをやつてゐるといふ嬉しさは、私にとつては格別のものだつた。たまたま園子は近所まで出てゐてすぐかへつてくる由なので、私は客間で彼女を待つた。そのうちに春先の空が灰汁《あく》のやうに曇つて雨がふりだした。園子は途中で雨に會つたものらしく、髪のそこかしこに滴《しづく》をきらめかせたまま、仄暗い客間へ入つて來た。深い長椅子の眞暗な片隅に、肩をすくめるやうにして坐つた。またその口に微笑がにじんだ。紅いジャケツの胸の二つの丸みが、薄闇のなかから浮き出てみえた。

　何と私たちはおづおづと、言葉すくなに語つたことだらう。二人きりでゐる機會は、二人にとつてはじめてのことだつた。あの小旅行での往きの汽車のなかの氣樂な對話は、その八九分《ぶ》を隣りのお喋りや小さな妹たちに負うてゐたものだとわかつた。この間のやうに紙片に書いたたつた一行の戀文を手渡す勇氣さへ、今日は跡方もなかつた。この前より私はずつと謙虚《へりくだ》つた氣持になつてゐた。私は自分を放《ほ》つたらかしておくとつい誠實になりかねない人間だつたが、つまり私は彼女の前に、さうなることを怖れなかつたのだ。私は演技を忘れたのであらうか？　全く正常な人間として戀をしてゐるといふお定まりの演技を？　それかあらぬか、私はまるでこの新鮮な少女を愛してゐないやうな氣がしてゐた。それでゐて私は居心地がよいのであつた。

　驟雨がやみ、夕日が室内へさし入つた。

園子の目と唇がかがやいた。その美しさが私自身の無力感に飜譯されて私にのしかかつた。するとこの苦しい思ひが逆に彼女の存在をはかなげに見せた。

「僕たちだつて」――と私が言ひ出すのだつた。「いつまで生きてゐられるかわからない。今警報が鳴るとするでせう。その飛行機は、僕たちに當る直擊彈を積んでゐるのかもしれないんです」

「どんなにいいかしら」――彼女はスコッチ縞のスカアトの襞《ひだ》を戯れに折り重ねてゐたが、かう言ひながら顏をあげたとき、かすかな生毛《うぶげ》の光りが頰をふちどつた。「何かかう……、音のしない飛行機が來て、かうしてゐるとき、直擊彈を落してくれたら、……さうお思ひにならない？」

これは言つてゐる園子自身も氣のつかない愛の告白だつた。

「うん……僕もさう思ふ」

尤もらしく私が答へた。この答がいかほど私の深い願望に根ざしてゐるか園子が知る筈もなかつた。しかし考へてみると、こんな對話は滑稽の極みだつた。平和な世の中なら、愛し合つた末でなければ交はす筈もない會話なのである。

「死に別れ、生き別れ、まつたくうんざりしてしまふ」と私は照れかくしにシニカルな調子になつた。「ときどきこんな氣がしませんか。かういふ時代には、別れるはうが日常で、會つてゐるはうが奇蹟だといふこと、……僕たちがかうやつて何十分か話してゐられるのだつて、よく考へるとよほど奇蹟的な事件かもしれないつていふこと……」

「ええ、わたくしも……」――彼女は何か言ひ淀んだ。それから生眞面目な、しかし氣持のよい平靜さで、「お會ひしたかと思ふと早速わたくしたち離れ離れになつてしまふのね。お祖母さまが疎開をいそいでいらつしやるわ。おととひ歸るとすぐ、N縣の某《なにがし》村の伯母さまに電報をお打ちになつたの。さうしたら今朝、長距離電話で御返事が來たのよ。電報は『ウチサガセ』とお打ちになつたの。御返事は、今探しても家なんかないから伯母さまの家へ疎開していらつしやいといふ御返事なの。そのはうが賑やかになつてうれしいと仰言るの。お祖母さまは二三日うちに伺ひますからなんて氣の早いことを言つてらしたわ」

私は輕い合槌が打てなかつた。私の心がうけた打擊は、自分でもおやと思ふほどのものだつた。すべてこのままの狀態で、二人がお互ひなしには過せない月日を送るだらうといふ錯覺が、いつのまにか私の居心地のよさから導き出されてゐた。もつと深い意味では、それは私にとつて二重の錯覺だつた。別離を宣告してゐる彼女の言葉が、今の逢瀨の虛しさを告げ、今の喜びの假象にすぎぬことをあばきたてて、それが永遠のものであるかのやうに考へる稚ない錯覺を壞すと同時に、たとへ別離が訪れなくても、男と女の關係といふものはすべてこのままの狀態にとどまることを許さないといふ覺醒で、もう一つの錯覺をも壞したのである。私は胸苦しく目醒めた。どうしてこのままではいけないのか？　少年時代このかた何百遍問ひかけたかしれない問ひが又口もとに昇つて來た。何だつてすべてを壞し、すべてを移ろはせ、すべてを流轉の中へ委ねねばならぬといふ變挺な義務がわれわれ一同に課せられてゐるのであらう。こんな不快きはまる義務が世にいはゆる「生」なのであらうか？　それは私にとつてだけ義務なのではないか？　少くともその義務を重荷と感じるのは私だけに相違なかつた。

「ふん、君が行つちまふなんて……」尤も、君がここに居たつて、僕も遠からず行つちまふはなけりやならないんだから……」

「どこへいらつしやるの」

「三月の末か四月のはじめから又どこかの工場へ住込むことになつてるんです」

「危ないんでせう、空襲なんか」

「ええ危ないです」

私はやけになつて答へた。匆々に歸つた。

——明る日一日私はもう彼女を愛さなければならぬといふ當爲を免かれた安らかさの中にゐた。私は大聲で歌をうたつたり、憎たらしい六法全書を蹴飛ばしたりして、陽氣であつた。

この奇妙に樂天的な狀態が丸一日つづいた。何か子供つぽい熟睡が訪れた。それを破つてまた深夜のサイレンが鳴りわたつた。私たち一家はぶつくさこぼしながら防空壕に入つたが、何事もなくやがて解除のサイレンが聞かれた。壕の中でうとうとしてゐた私は、鐵兜と水筒を肩に引つかけて、一番あとから地上へ出た。

昭和廿年の冬はしつこかつた。春がもう豹のやうな忍び足で訪れてゐはしたものの、冬はまだ檻のやうに、仄暗く頑なに、その前面に立ちふさがつてゐた。星明りにはまだ氷の耀やきがあつた。

それをふちどる常磐樹の葉叢《はむら》の央《なか》に、私の寝《ね》起きの目が、あたたかく滲《にじ》んだ星のいくつかを見出した。鋭い夜氣が私の呼吸にまじつた。突然私は、自分が園子を愛してをり、園子と一緒に生きるのでない世界は私にとつて一文の價値もないといふ觀念に壓倒された。忘れられるものなら忘れてみよと内奥の聲が言つた。するとそのあとから待ちかねてゐたやうに、園子の姿を朝のプラットフォームに見出だした時のやうな、私の存在の根柢をぐらつかせる悲しみが湧き昇つた。

私は居たたまれなかつた。地團太を踏んだ。

それでももう一日私は辛抱した。

三日目の夕刻、私はまた園子を訪ねた。玄關先で職人風の男が荷を作つてゐた。長持のやうなものが砂利の上でむしろに包まれ、荒繩で縛られてゐた。それを見ると私は不安にかられた。

玄關にあらはれたのは祖母だつた。祖母のうしろにはすでに荷造りををはつて運び出すばかりになつてゐる荷が積み上げられ、玄關のホールは藁屑で一杯だつた。祖母のふと戸惑ひした表情から、私は園子に會はないでこの場からすぐ歸る決心をした。

「この本を園子さんに上げて下さい」

私はまた本屋の小僧のやうに二三冊の甘い小説をさし出した。

「たびたびどうも恐れ入ります」――祖母は園子を呼ばうともせずにから言つた。「わたくし共、明晩某村《なにがしむら》へ發つことにいたしました。何もかもとんとん拍子に運びまして、思ひがけなく早く發てることになりましたのでございますよ。この家はTさんにお貸しして、Tさんの會社の寮になるのでございます。本當に御名殘惜しいことでございますね。孫たちがみな御近づきになれて喜んでをりましたのに。どうぞ某村のはうへもお遊びにおいで下さいましな。落付きましたらお便りを差上げますから、是非どうぞお遊びにおいで下さいまし」

社交家の祖母の切口上はきいてゐて不快なものではなかつた。しかし彼女の整ひすぎた入齒の齒並び同様に、言葉はいはば無機質な並びのよさにすぎなかつた。

「皆さん御元氣でお暮し下さい」

私はそれだけ言ふことができた。園子の名は言へなかつた。その時私の躊躇に招き寄せられたやうに、奥の階段の踊り場に園子が姿を現はした。彼女は片手に帽子の大きな紙箱と片手に五六冊の本を抱へてゐた。高窓から落ちてくる光線に髮が燃えてゐた。私の姿をみとめると、彼女は祖母がびつくりするやうな聲で叫んだ。

「ちよつと待つていらしてね」

それからお轉婆な足音を立てて二階へ駈け去つた。私はびつくりしてゐる祖母を見てゐるのが少なからず得意であつた。祖母は家ぢゆう荷物でごつた返してゐてお通しする部屋がないと詫び言を言ひながら、忙しさうに奥へ消えた。

間もなく園子が大そう顏を赤らめて駈け下りて來た。玄關の一隅に立ちすくんでゐる私の前で物も言はずに靴を穿いて立上ると、そこまでお送りするわと言つた。この命令的な高調子には私を感動させる力があつた。私は初心《うぶ》な手つきで制帽をいぢりまはしながら、彼女の動きをみつめてゐたのだが、心の中で何かがぴたつと足音を止《や》めたやうな氣持がした。私たちは體をすり合ふやうにして扉の外へ出た。門まで降りる砂利道を默つて歩いた。ふと園子が立止つて靴の紐を結び直した。妙に手間取るので、私は門のところまで歩いて街路を眺めながら待つた。私には十九才の少女の可愛らしい手管がわからなかつたのだ。彼女は私が少し先に立つてゆくことを必要としたのだ。

突然私の制服の右腕に彼女の胸がうしろからぶつかつて來た。それは自動車事故にも似て何か偶然の放心狀態から來た衝突だつた。

「……あの……これ」

私の掌の肉に固い西洋封筒の角《かど》が刺《さ》さつた。小鳥でも絞め殺すやうに、私は危ふくその封筒を握りつぶすところだつた。何だかその手紙の重みが私には信じられなかつた。私は自分の掌が乘せてゐる女學生趣味の封筒を見てはならないものを見るやうにちらりと見た。

「あとで……お歸りになつてから御覽になつてね」

彼女はくすぐられてゐるやうな息苦しい小聲で囁いた。私がたづねた。

「返事はどこへ出すの」

「なかに……書いてあることよ……某村の住所が。そこへお出しになつて」

をかしなことであるが、急に別離が私にはたのしみになつた。隱れんぼをするときに、鬼が數をかぞへ出すと思ひ思ひの方角へ皆がちらばるあの瞬間のたのしさに似たものだ。私にはこんな風に、何事も享樂しかねない奇妙な天分があつた。この邪まな天分のおかげで私の怯懦は、私自身の目にさへも、しばしば勇氣と見誤まられた。しかしそれは、人生から何ものをも選擇しない人間の甘い償ひともいふべき天分なのである。

驛の改札口で私たちは別れた。握手一つせずに。

生れてはじめて貰つた戀文が私を有頂天にした。家へかへるまで待てなかつたので、人目もかまはず、電車の中で封を切つた。すると澤山の影繪のカードやミッション・スクールの生徒のよろこびさうな外國製の彩色畫のカードがこぼれおちさうになつた。なかに青い便箋が一枚折疊まれてゐて、ディズニィの狼と子供の漫畫の下に、御習字くさいきちんとした字でこんな文面があつた。

御本を拜借させて頂き本當に恐れ入りました。お蔭樣で大變興味深く讀ませて頂きました。空襲下にもお元氣でお過しの事を心よりお祈り致します。あちらへ落着きましたら又お便り致したう存じます。住所は、——縣——郡——村——番地で御座います。同封の物はつまらぬ物で御座いますが、お禮のおしるしにと思ひましたので、何卒御納め下さいませ。

何とまあ大した戀文であらう。御先走りな有頂天の鼻をへし折られて、私は眞蒼になつて笑ひだした。返事なんか誰が出すものかと思つた。印刷された禮狀にまたぞろ返事を書くやうなものである。

ところが家へかへりつくまでの三、四十分のあひだに、返事を書きたいといふ當初からの要求が、次第にはじめの「有頂天な狀態」の辯護に立つた。あの家庭敎育が戀文の書き方の習得に適してゐさうもないことはすぐ想像がつく。男にはじめて手紙を書くので、さまざまな思惑から、彼女の筆はすくんでしまつたのにちがひない。この無内容な手紙以上の内容を、彼女のあのときの一擧一動が物語つてゐたことは確かだからである。

突然、別の方角から來た怒りが私をとらへた。私はまた六法全書に八つ當りをして、それを部屋の壁に投げつけた。何といふだらしのなさだ、と私は自分を責めた。十九の女の子を前にして、物ほしさうに向うから惚れて來るのを待つてゐるなんて。どうしてもつとてきぱきと攻勢に出ないんだ。お前の逡巡の原因があの異樣な・得體のしれない不安にあることはわかつてゐる。それならそれで何だつて又彼女を訪問したんだ。顧みてもみるがいい、お前は十五のころ、年相應の生活をしてゐた。十七のころも、まづまづ、人と肩を並べて行けた。しかし廿一才の今はどうだ。廿才で死ぬといふ友人の豫言はまだ叶はず、戰死の希みも一應絕たれてしまつた。やつとこの年になつて、あやめもわからぬ十九の少女との初戀に手こずつてゐるざまだ。ちえつ、何て見事な成長だ。廿一にもなつてはじめて戀文のやりとりをしようなんて、お前は年月の計算を間違へてやしないか。それにお前はこの年になつてまだ接吻一つ知らないぢやないか。落第坊主め！

するとヌ別の暗い執拗な聲が私を揶揄した。その聲にはほとんど熱つぽい誠實さがあり、私の與り知らない人間的な味はひがあつた。聲はこんな風に矢繼早にたたみかけた。——愛かね？　それもよからう。しかしお前は女に對して欲望があるのかね？　彼女に對してだけ「卑しい希み」がないといふ自己欺瞞で、女といふ女に嘗て「卑しい希み」なんか持つたことのないお前自身を忘れてしまはうとするつもりかね？　そもそも「卑しい」なんて形容詞を使ふ資格がお前にあるのかね？　そもそもお前は女の裸かを見たいなんて希みを起したことがあるのかね？　園子の裸かを想像したことが一度でもあるかね？　お前の年頃の男は若い女を見るときに彼女の裸かを想像しないではゐられないといふ自明の理ぐらゐ、お前にも御得意の類推で見當がついてゐさうなものだがね。何故こんなことを言ふか、お前の心に訊ねてごらん。類推はほんの一寸の修正で可能ではないかね？　昨夜お前は眠りにつくまへにちよつとした因襲に身を委せたつけな。お祈りみたいなものだといふならそれも結構さ。ちつぽけな邪教の儀式で、誰しもやらずにゐられぬ奴さ。代用品も使ひ馴れると、使ひ心地のわるいものではないからね。殊にこいつは效果覿面の睡眠劑だからね。だが、あのときお前が心に浮べたのは斷じて園子ではなかつたやうだね。とにかく奇妙奇天烈な幻影で、横で見てゐる身は毎度のことながら肝をつぶすのだ。晝間、お前は街を歩いてゐて、うら若い兵士や水兵ばかりをじろじろ眺めてゐた。お前の好みの年齢の、よく日に燒けた・いかにも知識《インテリジエンス》とは緣の遠い・初心《うぶ》な口もとをした若者たちだよ。お前の目はさういふ若者と見ると、忽ち胴まはりを目測するのだね。法科大學を卒業したら仕立屋にでもなるつもりかね。お前は廿才《はたち》恰好の無智な若者の、獅子の仔のやうなしなやかな胴が大好物だね。お前は心の中で、昨日一日のうちにさういふ若者を何人裸かにしてみたことか。お前は植物採集用の胴亂みたいなものを心の中に用意してゐて、何人かの *Ephebe* の裸體を採集してもちかへるのだ。さうして例の邪教の儀式の生贄をこの中から選抜するのだ。氣に入つた一人が選び出される。さあ、それからが呆れ果てる。お前は生贄を妙な六角柱の傍らへつれて來る。それから隱しもつた繩でこの裸體の生贄を後手にして柱に縛める。十分な抵抗、十分な叫びが必要だ。それからお前は生贄に懇ろな死の暗示を與へる。するうちにふしぎなあどけない微笑がお前の口もとに昇つてきて、ポケットから鋭利なナイフを取り出させる。お前は生贄に近づいて、引締つた脇腹の皮膚を刃の先で輕くくすぐつて愛撫してやる。生贄は絶望の叫びをあげ、刄を避けようと身をよぢり、恐怖の鼓動を高鳴らせ、裸かの脚はがたがたとわなないて膝頭をぶつけ合つてゐる。ズシリとナイフが脇腹に刺つた。もちろんお前の兇行だ。生贄は弓なりに身をそらし、孤獨ないたましい叫びをあげ、刺された腹の筋肉を痙攣させる。ナイフは鞘にはめられたやうな冷靜な樣子で波立つ肉に埋《う》まつてゐる。血の泉が泡立つて湧き上り、滑らかな太腿のはうへと流れてゆく。

お前の歡喜はこの瞬間、正しく人間的なものになるのだ。何故といつて、お前の固定觀念である正常さは、正にこの瞬間、お前のものだからだ。對象がどうあらうとも、お前は肉體の深奥から發情し、その發情の正常さに於て、他の男たちと少しのかはるところもない。お前の心は原始的な悩ましい充溢に搖ぶられる。お前の心に野蠻人の深い歡喜がよみがへる。お前の目はかがやき、全身の血はもえ上り、蠻族の抱く諸生命の顯現にお前はみちあふれる。*Ejaculatio* のあとも、野蠻な讃歌のぬくもりはお前の身に殘り、男女の交合のあとのやうな悲しみはお前を襲はない。お前は放埒な孤獨に耀やいてゐる。古い巨大な河の記憶のなかにしばらくお前はたゆたふ。蠻族たちの生命力が味はつた窮極の感動の記憶が、何かの偶然で、お前の性の機能と快感とを殘る隈なく占領してしまつたのであらうか。お前は何をいつはらうとあくせくしてゐるんだね。時あつて人間存在のこのやうに深い歡喜にふれうるお前が、愛だの精神だのを必要とするとは解《げ》せない話だ。

いつそ、どうだね？　園子の前で、お前の風變りな學位論文を御披露に及んだら？　それは「*Ephebe* のトルソオ曲線と血液流出量との函數關係について」といふ高遠な論文だ。つまりお前の選擇するトルソオは、滑らかで、しなやかで、充實してゐて、その上を血の流れが流れ落ちるときに最も微妙な曲線をゑがいて流れるやうな若々しいトルソオなんだね。流れおちる血潮に、いちばん美しい自然な紋樣――いはば野中を貫流する何氣ない小川や、裁斷された古い巨樹の示す木目《もくめ》のやうな――、を與へるトルソオなんだね。それにちがひあるまい？

――それにちがひなかつた。

とはいふものの、私の自省力は、あの細長い紙片を一トひねりして兩端を貼り合せて出來る輪のやうな端倪すべからざる構造をもつてゐた。表かとおもふと裏なのであつた。裏かとおもふとまた表なのであつた。後年その周期は緩慢さを加へたが、廿一才の私は感情の周期の軌道を目かくしをされて廻つてゐるだけのことであり、その廻轉速度は戰爭末期のあわただしい終末感のおかげで、ほとんど目まひのするほどのものになつてゐた。原因も結果も矛盾も對立も、ひとつひとつに立ち入つてゐる暇をもたせなかつた。矛盾は矛盾のまま、目にもとまらぬ速さで擦過してゆくのであつた。

一時間もすると、私は園子の手紙に何か巧い返事を書いてやらうといふことしか考へてゐなかつた。

……とかうするうちに櫻が咲いた。花見に出かける暇のある人間はゐなかつた。東京の櫻が見られるのは私の大學の私の學部の學生ぐらゐのものだと思はれた。私は大學のかへりに一人で・もしくは二三の友人たちと、S池のほとりをそぞろ歩いた。

花はふしぎと媚めかしく見えた。花にとつての衣裳ともいふべき紅白の幕や茶店の賑はひや花見の群衆や風船屋や風車賣がどこにもゐないので、常磐木のあひだにほしいままに咲いてゐる櫻などは、花の裸體を見る思ひをさせた。自然の無償の奉仕、自然の無益な贅澤、それがこの春ほど妖しいまでに美しくみえたためしはなかつた。私は自然が地上を再び征服してゆくのではないかといふ不快な疑惑を持つた。だつてこの春の花やかさは只事ではないのであつた。菜の花の黄も、若草のみどりも、櫻の幹のみづみづしい黒さも、その梢にのしかかる鬱陶しい花の天蓋も、何か私の目には惡意を帶びた色彩のあざやかさと映つた。それはいはば色彩の火事だつた。

私たちは下らない法律論を戰はしながら櫻並木と池との間の草生を歩いた。私はそのころY教授の國際法の講義の皮肉な效果を愛してゐた。空襲下教授は鷹揚にいつ果てるともしれぬ國際聯盟の講義をつづけてゐた。私には麻雀かチェスのお講義をきいてゐるやうな心地がした。平和！　平和！　このしじふ遠くで鳴つてゐる鈴のやうな物音《もののね》は、耳鳴りとしか思へなかつた。

「物權的請求權の絕對性の問題だがね」

と色の黑い大男のくせに肺浸潤が可成進んでゐて兵隊にとられずにゐるAといふ田舍者の學生が言ひ出すのだつた。

「もうよさうよ下らない」

とこれは一見肺結核とわかる蒼ざめたBが遮つた。

「空には敵機、地には法律、……ふん……、」私は鼻先で笑つた。「天には光榮《みさかえ》、地には平和か」

本物の肺病でないのは私一人だつた。私は心臟病を裝つてゐた。勳章か病氣かどちらかの要る時代だつた。

ふと櫻の下草を踏みしだく音が私たちの足をとめた。その足音の主《あるじ》もこちらを見てぴくつとした樣子だつた。それは薄汚れた作業服に下駄を穿いた若い男であつた。若いとわかるのはせいぜいが戰斗帽の下からうかがはれる五分刈の髮の色からで、濁つた顏色とまばらな無精髭と油まみれの手足と垢ぢみた咽喉元は、年齢と關はりのない陰慘な疲勞を示してゐた。男の斜めうしろに、すねたやうにして若い女がうつむいてゐた。彼女もひつつめ髮に國防色のブラウスを着、それだけ奇妙に新鮮な・まあたらしい絣のモンペイを穿いてゐた。徴用工同志のあひびきにまちがひなかつた。彼らは工場を一日ずるけて花見に來たものらしかつた。私たちを見ておどろいたのは憲兵かと思つたのであらう。

戀人同志はいやな上目づかひで私たちをちらと見ながら通りすぎた。私たちはそれからあんまり口を利く氣がしなかつた。

櫻が滿開にならないうちに法學部はまた講義を閉鎖して、S灣から數里の海軍工廠へ學徒動員をされることになつた。同じころ、母や妹弟は郊外に小さい農園をもつ叔父の家へ疎開した。東京の家にはひねこびた中學生の書生が殘つて父の世話を燒くことになつた。米のない日は、書生は茹でた大豆を擂鉢で擂つて、吐瀉物のやうな粥をこしらへて、父に喰べさせ、又自分も喰べてゐた。副食物のわづかなストックは、彼が父の留守に拔け目なく喰べちらしてゐた。

海軍工廠の生活は呑氣だつた。私は圖書館係と穴掘り作業に從事してゐた。部品工場を疎開するための大きな横穴壕を、臺灣人の少年工たちと一緒に掘るのであつた。この十二三才の小惡魔どもは私にとつてこの上ない友だつた。かれらは私に臺灣語を敎へ、私はかれらにお伽噺をきかせてやつた。かれらは臺灣の神が自分たちの生命を空襲から守り、いつかは無事に故國へ送りかへしてくれるものと確信してゐた。かれらの食慾は不倫の域に達してゐた。すばしこい一人が厨當番の目をかすめてさらつて來た米と野菜は、たつぷり注がれた機械油でいためられて焙飯《チャーハン》になつた。歯車の味がしさうなこの御馳走を私は辭退した。

一ト月たらずのあひだに、園子との手紙のやりとりは、多少特別なものになりつつあつた。手紙のなかでは私は心おきなく大膽に振舞つた。ある午前、解除のサイレンが鳴つて工廠へかへつたとき、机に届いてゐた園子の手紙を讀みながら手がふるへた。私は輕い酩酊に身を委ねた。私は口のなかで何度もその手紙の一行をくりかへした。

「……お慕ひしてをります。……」

不在が私を勇氣づけてゐるのであつた。距離が私に「正常さ」の資格を與へるのだつた。いはば私は臨時雇の「正常さ」を身につけてゐた。時と所の隔たりは、人間の存在を抽象化してみせる。園子への心の一途な傾倒と、それとは何の關はりもない・常規を逸した肉の欲情とは、この抽象化のおかげで、等質なものとして私の中に合體し、矛盾なく私といふ存在を、刻々の時のうちに定着させてゐるのかもしれなかつた。私は自在だつた。日々の生活はいはん方なくたのしかつた。S灣にやがては敵が上陸してこのあたりは席卷されるだらうといふ噂もあつて、死の希みも亦、以前にまして私の身近に濃くなつてゐた。かかる狀態にあつて、私は正《まさ》しく、「人生に希望をもつて」ゐた！

四月も半ばすぎたある土曜日に、私は久々に外泊を許されて東京の家にかへつた。そこで自分の本棚から工場でよむ何冊かの本を取り出して、その足で郊外の母たちのところへ行つて、そこへ泊るつもりであつた。しかしかへりの電車が警報に會つて停つたり動いたりしてゐるあひだに、私は急に惡寒に襲はれた。はげしい眩暈がして、熱い倦《だる》さが體にゆきわたつた。扁桃腺の症狀であることが、たびたびの經驗からわかつてゐた。家へかへると書生に床を敷かせてすぐ寢《やす》んだ。

しばらくすると階下に賑やかな女の聲がきこえ、それがどぎつく熱の額にひびいた。階段を上つて廊下を小走りに來る音がした。私は薄目をあけた。大柄な着物の裾がみえた。

「――どうしたの。だらしがないわね」

「なんだ、チャーコぢやないか」

「なんだとは何よ。五年ぶりで會ふのに」

彼女は遠緣の娘だつた。その名の千枝子がもぢられて、親戚のあひだではチャーコとよばれてゐた。私より五つ年上だつた。この前會つたのは彼女の結婚式の折だつたが、昨年良人が戰死して以來　少し氣が變なくらゐ陽氣になつたといふ噂をきいてゐた。いかにもかうしてゐると悔みの述べやうもない陽氣さであつた。私は呆れて默つてゐた。髮につけた白い大きな造花はよしたらよからうと思はれた。

「けふは達《たつ》ちやんに用があつて來たのよ」と彼女は、達夫といふ私の父の名を呼んで、「荷物疎開のことでお願ひがあつて上つたの。この間パパが達ちやんにどこかでお會ひになつたら、いいところへ紹介してやるつて仰言つたさうだから」

「おやぢは今日はかへりが一寸おそいさうですよ。それはどうでもいいけど」――私は彼女の唇があまり紅いので不安になつた。私の熱のせいか、その紅さは私の目をえぐり、私の頭痛をひどくするやうに思はれた。「だけどそんな、……今時そんなお化粧をして外を歩いてゐて何とも言はれないの？」

「あなたもう女のお化粧のことなんか氣にする年なの？　さうやつて寢てゐると、まだやつと乳離れしたくらゐにしか見えないことよ」

「うるさいなあ、むかうへ行けよ」

彼女はわざと寄つて來た。寢間着の姿を見られるのがいやなので、私は首まで蒲團を引き上げた。突然彼女の掌が私の額にのびた。その刺すやうな冷たさがたまたま時宜を得てゐたので、私を感動させた。

「熱いわ。計つた？」

「九度きつちり」

「氷が要ることよ」

「氷なんかないよ」

「私が何とかしてよ」

千枝子は袂をぱたぱたと叩き合せながらたのしさうに階下へ下りて行つた。やがて上つて來て、靜かな容子で坐つた。

「あの男の子にとりに行かしたわ」

「ありがたう」

私は天井を見てゐた。彼女が枕許の本をとりあげたとき絹物の冷たい袂が頬にさはつた。急にその冷たい袂がほしくなつた。袂を額に載せておいてくれと頼まうかと思つてやめた。部屋が暮れだした。

「お使ひの遲いこと」

熱のある病人には、時間の感覺は病的な正確さでわかるものだ。千枝子がとり立てて「遲い」といふには、すこし早すぎる時間だと私には思はれた。二三分たつてまた彼女が言つた。

「遲いのね。何してるんだらうあの子」

「遲くないつたら！」

私は神經的に怒鳴つた。

「可哀さうに氣が立つてゐるのね。目をつぶつていらつしやいよ。そんな怖い目つきで天井と睨めつくらなんかしてゐないで」

目をとぢると瞼の熱がこもつて苦しくなつた。ふと額に何か觸れるものを感じた。それと一緒にかすかな息が額に觸れた。私は額を外して、意味のない吐息をもらした。するとその息に異樣な熱い息がまじつて來て、突然唇が重い油つこいもので密閉された。齒がかち合つて音を立てた。私は目をひらいて見るのが怖かつた。そのうちに冷たい掌が私の頰をしつかりとはさんだ。

やがて千枝子が體を引くと、私も半ば身を起した。二人は薄暮のなかで睨み合つてゐた。千枝子の姉妹は淫蕩な女たちだつた。その同じ血が彼女の中で燃えさかつてゐるのがまざまざと見えた。しかしその燃えてゐるものと、私の病氣の熱とが説明しがたい奇妙な親和感を結んだ。私はすつかり身を起して、「もう一度」と言つた。書生がかへるまで私たちは際限なく接吻をつづけてゐた。接吻だけよ、接吻だけよ、と彼女は言ひつづけてゐた。

――この接吻に肉感があつたのかなかつたのか私にはわからなかつた。何にまれ最初の經驗といふものはそれ自身一種の肉感に他ならないから、この場合の辨別は無用のことであつたかもしれない。私の酩酊から例の觀念的な要素を抽出してみてもはじまらなかつた。重要なのは、私が「接吻を知つた男」になつたといふことだ。よそでおいしいお菓子を出されるとすぐ「妹にたべさせたいな」と考へる妹思ひの男の子のやうに、私は千枝子と抱きあひながらひたすら園子を思つた。これ以後私の考へ事は園子と接吻するといふ空想に集中した。それが私の犯した最初の、そしてまたいちばん重大な誤算であつた。

とまれ、園子を思ふことがこの最初の經驗を徐々に醜く見せた。私は千枝子があくる日かけてよこした電話に出てあしたもう工場のはうへかへるのだと嘘をついた。あひびきの約束も守らなかつた。そしてかうした不自然な冷たさが、最初の接吻に快感がなかつたことに由來してゐるといふ事實には目をふさぎ、園子を愛してゐればこそそれが醜く思はれるのだと自分に思ひ込ませた。園子への愛を私が自分の口實に利用したこれが最初だつた。

初戀の少年少女がするやうに、私と園子は寫眞を交換した。私の寫眞をメダイヨンに入れて胸に下げてゐるといふ手紙が來た。ところが園子が送つてよこした寫眞は折鞄にしか入らない大きさだつた。内ポケットにも入らないので、私は風呂敷に包んで持ちあるいてゐた。工場が留守中に火事になることを考へて、家へかへるときはそれも持つてかへつた。あるとき工廠へかへる夜の電車が突然サイレンに會つて灯を消した。やがて退避になつた。私は手さぐりで網棚を探した。それが入れられた大きな包と一緒に、寫眞の風呂敷

包は盗まれてゐた　私は迷信を信ずるたちだつた。早く會ひにゆかなければといふ不安がその日から私を追ひかけだした。

五月廿四日夜の空襲が、あの三月九日夜半の空襲のやうに私を決定した。おそらく私と園子の間にはかうした多くの不幸から放たれる一種の瘴氣のやうなものが必要だつた。それは或る種の化合物に硫酸の媒介が必要とされるやうなものらしかつた。

廣野と丘の接するところに無數に掘られた横穴壕に身をひそめて、私たちは東京の空が眞紅《しんく》に燃えるのを見た。ときどき爆發がおこつて空に反映が投げかけられると、雲の合間にふしぎなほど青い晝の空がのぞかれた。眞夜中に一瞬の青空が出現するのだ。無力な探照燈が、まるで敵機をお迎へのサーチライトと謂つた風《ふう》に、その淡い光の十文字の只中に敵機の翼のきらめきを屢〻宿して、次々と東京に近い探照燈へ光りのバトンを手渡しながら、慇懃な誘導の役割を果たしてゐた。高射砲の砲撃もちかごろはまばらであつた。B29はらくらくと東京の空に達した。

ここから一體東京上空で行はれる空中戰の、敵味方の見分けがつきえたであらうか。それにもかかはらず、眞紅の空を背景に擊墜されてゆく機影を見てとると、見物衆は一せいに喝采した。なかんづく騷がしいのは少年工たちだつた。そこかしこの横穴壕から、劇場のやうな拍手と喚聲がひびきわたつた。ここでの遠見の見物《けんぶつ》にとつては、墜ちてゆく飛行機が敵のものであつても味方のものであつても本質的には大したかはりはないのだと私は考へた。戰爭とはそんなものなのである。

――明る朝、まだくすぶつてゐる枕木を踏み、半燒けの細い板をわたした鐵橋を渡つて、不通の私鐵の半ばを歩いて家へかへつた私は、私の家の近邊だけがきれいに燒け殘つてゐるのを見出だした。たまたまこちらへ泊つてゐた母と妹弟も、昨夜の火照りで却つて元氣であつた。燒殘つたお祝ひに地下から掘出した罐詰の羊羹をみんなで喰べてゐた。

「お兄ちやま誰かさんにお熱《ねつ》なんでせう」

私の部屋へ入つて來て十七の跳ねつ返りの妹が言つた。

「誰がそんなこと言つた」

「ちやんとわかるのよ」

「好きになつちやいけないのかい」

「いいえ。いつ結婚なさるの」

――私はぎくりとした。お尋ね者が何も知らない人間から偶然犯罪に關はりのある事柄を言ひ出された氣持だつた。

「結婚なんか、しないさ」

「不道德ね。はじめつから結婚する氣がなくてお熱《ねつ》なの？　ああいやだ、男つて惡者ね」

「早く逃げないとインキをぶつかけるぞ」――一人になると私は口の中でくりかへした。

『さうだつた、結婚といふこともこの世では在り得るんだ、それから子供といふことも。何だつて僕はそれを忘れてゐたらう。少くとも何だつて忘れたふりをしてゐたらう。結婚といふ些細な幸福も、戰爭の激化のおかげで、在り得ないやうな錯覺がしてゐただけだ。その實結婚は、僕にとつて何か極めて重大な幸福かもしれないんだ。何かかう、身の毛のよだつほど重大な……』――こんな考へが、私を今日明日《けふあす》にも園子に會はねばならぬといふ矛盾した決心へ促した。これが愛だらうか？　ともするとそれは、一個の不安が私たちの内に宿るときに、奇體な情熱の形で私たちにあらはれる・あの「不安に對する好奇心」に似たものではなかつたらうか?

園子や彼女の祖母や母からは、遊びに來るやうにとの招きの手紙が何度か來てゐた。私は彼女の伯母の家へ泊ることは心苦しいからホテルを探してくれと園子に書いた。彼女は某村のホテルの一つ一つに當つてみた。どこも官廳の出店になつてゐたり、獨乙人が軟禁されてゐたりして駄目であつた。

ホテル――。私は空想したのだ。それは少年時代からの私の空想の實現だつた。またそれは讀み耽つた戀愛小說の惡影響だつた。さういへば私の物の考へ方には、ドン・キホーテ風なところがあつた。騎士物語の耽讀者はドン・キホーテの時代には數多かつた。しかしあれだけ徹底的に騎士物語に毒されるには、一人のドン・キホーテであることが必要だつた。私の場合もこれと變りはない。

ホテル。密室。鍵。窓のカーテン。やさしい抵抗。戰鬪開始の合意。……その時こそ、

その時こそ　私は可能である筈だつた。天來の靈感のやうに、私に正常さがもえ上る筈であつた。まるで憑きものがしたやうに、私は別人に、まともな男に、生れかはる筈であつた。その時こそ、私は憚りなく園子を抱き、私の全能力をあげて彼女を愛することもできる筈であつた。疑惑と不安は隈なく拭はれ、私は心から「君が好きだ」と言ひ得る筈だつた。その日から私は大聲で、空襲下の街中を、「これが僕の戀人です」と怒鳴つて歩くことだつてできる筈だつた。

ロマネスクな性格といふものには、精神の作用に對する微妙な不信がはびこつてゐて、それが往々夢想といふ一種の不倫な行爲へみちびくのである。夢想は、人の考へてゐるやうに精神の作用であるのではない。それはむしろ精神からの逃避である。

——しかしホテルの夢は、前提的に、實現しなかつた。某村のホテルは結局どこもだめなので家へ泊つてくれと園子が重ねて書いてよこした。私は承諾の返事を出した。疲勞に似た安堵が私をとらへた。いかな私も、この安堵を諦らめだと曲解しやうはなかつた。

六月十二日に私は出發した。海軍工廠のはうは工廠全體がだんだん投げやりな氣分になつてゐた。休暇をとるためなら、どんな口實も可能であつたのだ。

汽車は汚れて、そして空《す》いてゐた。戦爭中の汽車の思ひ出は（あのたのしい一例を除いて）どうしてからもみじめな思ひ出ばかりなのであらう。私は今度も子供らしいみじめな固着觀念にさいなまれて汽車に搖られてゐた。それは園子に接吻するまでは決して某村を離れないぞと考へることだつた。しかしながらこれは、人間が自分の欲望がさせる引込思案とたたかふときの矜りにみちた決心とは別物であつた。私は盗みにゆくやうな氣がしてゐた。親分に强ひられて、いやいや强盗にゆく氣の弱い子分のやうな氣がしてゐた。愛されてゐるといふ幸福は私の良心を刺した。私が求めてゐたのは、もつと決定的な不幸であつたかもしれないのだ。

園子が私を伯母に紹介した。私は氣取《きど》つてゐた。私は一生懸命だつた。皆が暗默のうちにかう言ひ合つてゐるやうに思はれた。『園子は何だつてこんな男を好きになつたんだらう。なんて生つ白《ちろ》い大學生だらう。こんな男の一體どこが好いのかしら』

皆によく思はれようといふ殊勝な意識で、私はいつかの汽車の中でのやうな排他的な行動をとらなかつた。園子の小さい妹たちの英語の勉強を見てやつたり、祖母の伯林時代の昔話に調子を合はせたりした。をかしなことに、さうしてゐる方が、私には園子がより身近に居るやうに思はれるのだつた。私は祖母や母の前で、幾度となく彼女と大膽な目くばせを交はした。食事の時にはテエブルの下で足を觸れ合つた。彼女もだんだんこの遊びに夢中になつて、私が祖母の長話に退屈してゐると、梅雨曇りの青葉の窓に身を凭《もた》せ、祖母のうしろから、私にだけ見えるやうに、胸のメダイヨンを指さきでつまみ上げて搖《ゆ》らしてみせたりした。

半月形の襟で區切られた彼女の胸は白かつた。目がさめるほどに！　さうしてゐる時の彼女の微笑には、ジュリエットの頰を染めたあの「淫らな血」が感じられた。處女にだけ似つかはしい種類の淫蕩さといふものがある。それは成熟した女の淫蕩とはことかはり、微風《びふう》のやうに人を醉はせる。それは何か可愛らしい惡趣味の一種である。たとへば赤ん坊をくすぐるのが大好きだと謂つたたぐひの。

私の心がふと幸福に醉ひかけるのはかうした瞬間だつた。すでに久しいあひだ、私は幸福といふ禁斷の果實に近づかずにゐた。だがそれが今私を物悲しい執拗さで誘惑してゐた。私は園子を深淵のやうに感じた。

とかうするうちに、海軍工廠へかへらねばならぬ日が二日あとに近づいてゐた。私はまだ自分に課した接吻の義務を果たしてゐなかつた。

雨期の稀薄な雨が高原地方一帶を包んでゐた。自轉車を借りて私は郵便局へ手紙を出しに行つた。園子が徵用のがれにつとめてゐる官廳の分室から、午後のつとめをずるけて歸つてくる時刻なので、私たちは郵便局で落合ふ約束をしてゐた。霧雨に濡れそぼつた錆びた金網のなかに、人氣《ひとけ》のないテニスコオトがさびしげに見えた。自轉車に乘つた獨乙人の少年が濡れた金髮と濡れた白い手をかがやかせて私の自轉車のすぐかたはらをすれちがつた。

古風な郵便局のなかで何分か待つうちに、ほのかに戸外が明るんで來た。雨が上つたのであつた。一時の晴れ間《ま》、いはば思はせぶりな晴れ間である。雲は切れてはゐず、白金《プラチナ》いろに明るんでゐるだけのことだつた。

園子の自轉車が硝子扉のむかうに止つた。彼女は胸を波打たせ、濡れた肩で息をして、しかし健やかな頬の紅らみの中で笑つてゐた。『今だぞ、そらかかれ！』私はけしかけられた獵犬のやうに自分を感じた。この義務觀念は惡魔の命令ぢみたものだつた。自轉車に跳び乘ると、私は園子と並んで某村《なにがしむら》のメイン・ストリートを走り拔けた。

私たちは樅や楓や白樺の林の間を走つた。樹々は明るい滴《した》たりを落してゐた。風に流れてゐる彼女の髮は美しかつた。健やかな腿がペダルを小氣味よく廻してゐた。彼女は生それ自身のやうに見えた。今は使はれなくなつてゐるゴルフ場の入口をとほると、私たちは自轉車を降りて濕つた徑をゴルフ場ぞひに歩いた。

私は新兵のやうに緊張してゐた。あそこに木立がある。あの蔭が適當だ。あそこまで約五十歩ある。二十歩で彼女に何か話しかける。緊張を解いてやる必要がある。あと三十歩のあひだ何か當りさはりのない話をしたらいい。五十歩。そこで自轉車のスタンドを下ろす。それから山のはうの景色を見る。そこで彼女の肩に手をかける。低い聲で『かうしてゐられるの、夢みたいだね』とでも言へ。すると彼女が何か他愛のない返事をする。そこで肩の手に力を入れて彼女の體を自分の前へ持つてくるんだ。接吻の要領は千枝子の時と變りはない。

私は演出に忠誠を誓つた。愛も欲望もあつたものではなかつた。

園子は私の腕の中にゐた。息を彈ませ、火のやうに顔を赤らめて、睫をふかぶかと閉ざしてゐた。その唇は稚なげで美しかつたが、依然私の欲望には愬へなかつた。しかし私は刻々に期待をかけてゐた。接吻の中に私の正常さが、私の僞はりのない愛が出現するかもしれない。機械は驀進してゐた。誰もそれを止めることはできない。

私は彼女の唇を唇で覆つた。一秒經つた。何の快感もない。二秒經つた。同じである。三秒經つた。——私には凡てがわかつた。

私は體を離して一瞬悲しげな目で園子を見た。彼女がこの時の私の目を見たら、彼女は言ひがたい愛の表示を讀んだ筈だつた。それはそのやうな愛が人間にとつて可能であるかどうか誰も斷言しえないやうな愛だつた。しかし彼女は羞恥と潔らかな滿足に打ちひしがれて、人形のやうに目を伏せたままだつた。

私は默つたまま病人を扱ふやうに、その腕をとつて自轉車のはうへ歩きだした。

逃げなければならぬ。一刻も早く逃げなければならぬ。私は焦慮した。浮かぬ面持を氣《け》どられまいために、私は常よりも陽氣を裝つた。夜の食事のとき、かうした私の幸福さうな樣子は、誰の目にも見てとれる園子の甚だしい放心狀態と、しつくりすぎる暗合を示してしまつたので、結果は却つて私の不利になつた。

園子はいつにもましてみづみづしく見えた。彼女の容姿にはもともと物語風なところがあつた。物語に出てくる戀する乙女そのままの風情だつた。かうした彼女の一本氣な乙女心を目《ま》のあたりに見ると、私はいかに陽氣を裝はうとしても、自分がその美しい魂を抱きしめる資格のない人間であることが、あまりにもまざまざとわかつて來て話も淀みがちになるものだから、彼女の母は私の體を氣づかふ言葉を洩らした。すると園子は可愛らしい早呑込で萬事を察して、私を元氣づけるために、またメダイヨンを振つて『心配するな』といふ合圖をした。思はず私は微笑した。

大人たちはこの傍若無人な微笑のやりとりに、半ば呆れた半ば迷惑さうな顏を並べてゐた。その大人たちの顏が私たちの未來に見てゐるものが何であるかを考へると、又しても私は慄然とするのであつた。

明る日私たちは又ゴルフ場の同じところへ來た。きのふの私たちの形見である・踏みにじられた黄いろい野菊の草むらを私は見出だした。草は今日は乾いてゐた。

習慣といふものは怖ろしい。あれほど事後に私を苦しめた接吻を又私はしてしまつた。尤も此度《このたび》は、妹にするやうな接吻だつた。するとこの接吻は却つて不倫の味はひを放つた。

「この次お目にかかれるの、いつかしら、」と彼女が言つた。「さあ、僕のゐるところへアメリカが上陸して來なければね」と私は答へた。「また一ト月ほどして休暇がとれるよ」

——私は希つてゐた。希つてゐるばかりか、迷信的に確信してゐた。この一ト月のあひだに米軍がS灣から上陸して私たちは學生軍として狩り出され一人のこらず戰死することを。さもなければまだ誰も考へてみたこともない巨大な爆彈が、どこにゐようと私を殺すことを。——私はたまたま原子爆彈を予見してゐたことにならうか。

それから私たちは日の當る斜面のはうへ行つた。二本の白樺が心のやさしい姉妹のやうな容子で斜面に影をおとしてゐた。うつむいて歩いてゐた園子が言ひ出した。

「この次お目にかかるときはどんなお土産を下さるの？」

「今僕の持つて來られるお土産と云つたら」——私は苦しまぎれに空惚《そらとぼ》けて答へた。「出來そこないの飛行機か、泥のついたシャベルか、そんなものしかないよ」

「形のあるものではないことよ」

「さあ、何だらう」——私はますます空惚《とぼ》けながら追ひつめられてゐた。「難題だなあ。かへりの汽車でゆつくり考へてみるよ」

「ええ、さうなさつてね」——彼女は妙に威嚴と落付きを加へた聲音で言つた。「お土産をもつて來て下さること、お約束なさつてね」

約束といふ言葉を園子が力をこめて言つたので、いきほひ私は虚勢を張つた快活さで身を護らねばならなかつた。

よし、指切りしよう、と私は大風《おほふう》に言つた。かうして私たちは一見無邪氣な指切りを交はしたが、俄かに子供の時感じた恐怖が私によみがへつた。それは指切りをして約束を破るとその指が腐るといふ言ひならはしがかつて子供心に與へた恐怖である。園子のいはゆるお土産は、それと言はぬながら明らかに「結婚申込」を意味してゐたので、私の恐怖も故あることだつた。私の恐怖は、夜一人で厠へ行けない子供があたり一杯に感じるやうなあの恐怖であつた。

その晩、寢しなに、園子が私の寢室の戸口の帷で半ば體を卷きながら、すねる調子で、私がもう一日滯在をのばすやうにと愬へた時、私は寢床の中から、ものに愕いたやうに彼女を見つめてゐたきりだつた。自分で的確な計算と思つてゐたその最初の項の誤算で凡てが崩れてみると、私は今園子を見てゐる自分の感情を何と判斷してよいかわからなかつた。

「どうしてもおかへりになるの？」

「うん、どうしてもだよ」

私はむしろたのしさうに答へた。また僞はりの機械が上辷りな廻轉をはじめてゐた。私はこのたのしさを、ただ單に恐怖からのがれるたのしさにすぎないのに、彼女をじらすこともできる新たな權力の優越感が與へるたのしさだと解釋した。

自己欺瞞が今や私の賴みの綱だつた。傷を負つた人間は間に合はせの繃帶が必ずしも淸潔であることを要求しない。私はせめても使ひ馴れた自己欺瞞で出血をとり押へて、病院へ向つて駈けて行きたいと思つた。私はあのぐうたらな工場を、好んで嚴格な兵營のやうに想像した。明日の朝かへらなくては、重營倉へも入れられかねない兵營のやうに。

出發の朝、私はじつと園子を見てゐた　旅行者が今立去らうとしてゐる風景を見るやうに。

凡てが終つたことが私にはわかつてゐた。私の周圍の人たちは凡てが今はじまつたと思つてゐるのに。私もまた周圍のやさしい警戒の氣配に身を委ねて、私自身をだまさうとねがつてゐるのに。

それにしても園子の靜かな樣子が私を不安にした。彼女は私の鞄を詰める仕事を手つだつたり、何か忘れものはないかと部屋のあちこちをたづねまはつたりしてゐた。そのうちに窓のところに立つて窓外を眺めながら動かなかつた。今日も曇り日の、若葉の靑ばかりが目立つ朝だつた　見えない栗鼠が梢を搖らして通つた。園子のうしろ姿には靜かな・それでゐて幼なげな「待つ表情」があふれてゐた。そんな表情の背中をそのままにして部屋を出てゆくことは、戸棚を開けつ放しにして部屋を出てゆくこと同樣に、几帳面の私にとつて我慢ならぬことである。私は歩み寄つて背後から柔かく園子を抱いた。

「またきつとおいでになるわね」

彼女はらくらくと信じ切つた調子で言つた。それは何か、私に對する信頼といふよりも、私をのりこえて・もつと深いものに對する信頼に根ざしてゐるやうにきかれた。園子の肩は慄へてゐなかつた。レエスの胸がすこし威丈高に息づいてゐた。

「うん、多分ね。僕が生きてゐたら」

――私はさう言つてゐる自分に嘔吐を催ほした。何故なら私の年齢はかう言ふことの方をはるかに欲したからである。

『來るとも！　僕は萬難を排して君に會ひに來るよ。安心して待つておいで。君は僕の奥さんになる人ぢやないか』

私のものの感じ方、考へ方には、こんな風な珍奇な矛盾が、いたるところに顔を出した。自分に「うん多分ね」などといふ煮え切らない態度をとらせるものが、私の性格の罪ではなく、性格以前のものの仕業であり、いはば私のせいではないとはつきりわかつてゐるだけに、多少とも私のせいである部分に對しては、滑稽なほど健全な常識的な訓誡を以て臨むのが常だつた。少年時代からの自己鍛練のつづきとして、私は煮え切らない人間、男らしくない人間、好悪のはつきりしない人間、愛することを知らないで愛されたいとばかりねがつてゐる人間には、死んでもなりたくないと考へてゐた。それはなるほど私のせいである部分に對しては可能な訓誡であつたが、私のせいでない部分に對しては、はじめから不可能な要求だつた。今の場合園子にむかつて男らしいはつきりした態度をとることはサムソンの力といへども及ばぬ筈だつた。すると、今、園子の目に見えてゐる私の性格らしきもの、煮え切らない一人の男の影像は、私のそれへの嫌悪をそそり立て、私といふ存在全體を値打のないものに思はせて、私の自負心をめちやめちやにするのであつた。私は自分の意志をも、性格をも信じないやうになり、少くとも意志の拘《かか》はる部分は贋物だと思はざるをえなかつた。しかしまたこのやうに意志に重きをおく考へ方は、夢想にちかい誇張でもあるわけだつた。正常な人間といへども、意志だけの行動は不可能な筈だつた。よしんば私が正常な人間であつたにせよ、私と園子に幸福な結婚生活を送らせる條件が一から十までそろつてゐる筈はなく、してみればその正常な私も、「うん多分ね」と答へたことであらう。こんなわかりやすい假定にさへ、故意に目をつぶる習慣が私にはついてゐた。まるで私自身を苦しめる機會を、一つでも見のがすまいとするやうに。――これは逃げ場を失つた人間が、自分を不幸だと考へる安住の地へ、自分自身を追ひこむときの常套手段である。

――園子がしづかな口調で言ひ出した。

「大丈夫よ。あなたはお怪我ひとつなさりはしないわ。あたくし毎晩神《エス》さまにお祈りしてゐることよ。あたくしのお祈り、今までだつてとても利いたのよ」

「信心深いんだね。そのせいか、君つて、とても安心してゐるやうに見えるんだ。こわいくらゐだ」

「どうして？」

彼女は黒い聰明な瞳をあげた。露ほどの疑惑もないこの無垢な問ひかけの視線に出會ふと、私の心は亂れ、答を失つた。私は安心の中に眠つてゐるやうに見える彼女をゆすぶり起したい衝動にかられてゐたのだが、却つて園子の瞳が、私の内に眠つてゐるものをゆすぶり起すのだつた。

――學校へゆく妹たちが挨拶に來た。

「さやうなら」

小さい妹は私の握手を求めると、その手で私の掌を咄嗟にくすぐり、戸外まで逃げて行つて、折から射して來た稀薄な木洩れ日の下で、金いろの備錠《びじやう》のある紅いお辨當入れを高く振り上げた。

祖母と母も見送りに來たので、驛での別れはさりげない無邪氣なものになつた。私たちは冗談を言ひ合ひ、何氣なく振舞つた。やがて汽車が着いて私は窓ぎはの席を占めた。はやく汽車が動きだしてくれるやうにとしか私はねがつてゐなかつた。

すると明るい聲が思はぬ方角から私を呼んだ。それは正しく園子の聲だつた。今の今まで聞き馴れてゐた聲が、遠い新鮮な呼び聲になつて私の耳をおどろかした。その聲がたしかに園子のものだといふ意識が、朝の光線のやうに私の心に射し入つた。私は聲の方角へ目をむけた。彼女は驛員の出入口をくぐりぬけて、プラットフォームに接した燒木の柵につかまつてゐた。チェック縞のボレロの間から夥しいレエスが溢れて風にそよいでゐた。

彼女の目は活々と私へ向つて見ひらかれてゐた。列車がうごきだした。園子の幾分重たげな瞼が、何か口ごもつてゐるやうな形をうかべたまま、私の視野から去つた。

園子！　園子！　私は列車の一ト揺れ毎にその名を心に浮べた。いはうやうない神秘の呼名のやうにもそれが思はれた。園子！　園子！　私の心はその名の一ト返し毎に打ちひしがれた。鋭い疲勞がその名の繰り返されるにつれて懲罰のやうに深まつた。この一種透明な苦しみの性質は、私が自分自身に說明してきかさうにも、類例のない難解なものだつた。人間のしかるべき感情の軌道とは、あまりにかけ離れた苦しみなので、私にはそれを苦しみと感じることさへ困難であつた。ものに譬へようなら、明るい正午に午砲の鳴りだすのを待つ人が、時刻をすぎてもつひに鳴らなかつた午砲の沈默を、青空のどこかに探り當てようとするやうな苦しみだつた。怖ろしい疑惑である。午砲が正午きつちりに鳴らなかつたことを知つてゐるのは世界中で彼一人だつたのである。

もうおしまひだ。もうおしまひだ。と私は呟いた。私の嘆きは落第點をとつた小心な受驗生の嘆きに似てゐた。失敗《しま》つた。しまつた。あのXを殘しておいたから間違つたんだ。

あのXから先に解決しておけばこんなことにはならなかつたんだ。人生の數學を、私は私なりに、皆と同じ演繹法で解いてゆけばよかつたんだ。私が半分小賢しかつたのが何より惡かつたんだ。私一人が歸納法に依つたばかりにしくじつたんだ。

私の惑亂があまりに甚だしかつたので、前に掛けてゐる乘客は不審さうに私の顏色をうかがつてゐた。それは紺の制服を着た赤十字の看護婦と、その母親らしい貧しい農婦とだつた。彼らの視線に氣づいて私が看護婦の顏に目をやると、このほほずきのやうに眞赤に肥つた娘は、照れかくしに母親に甘えだした。

「ねえ、お腹空いたよお」

「まだ早つぺや」

「だつて空いたんだもん。よお、よお」

「きき分けもない!」

——母親がたうとう負けて辨當をとり出した。その中味の貧しさは、私たちが工場で喰べさせられてゐる食事より一段とひどかつた。澤庵を二切そなへた諸だらけの飯を、看護婦はぱくぱくと喰べだした。人間が御飯をたべるといふ習慣がこれほど無意味に見えたことはなかつたので、私は目をこすつた。やがてかうした觀方が、私が生きる欲望をすつかり失くしてゐることに由來してゐるのを私はつきとめた。

その晩郊外の家へ落付いて私は生れてはじめて本氣になつて自殺を考へた。考へてゐるうちに大そう億劫になつて來て、それを滑稽なことだと思ひ返した。私には敗北の趣味が先天的に欠けてゐた。その上まるで豐かな秋の收穫《とりいれ》のやうに、私のぐるりにある夥しい死、戰災死、殉職、戰病死、戰死、轢死、病死のどの一群かに、私の名が予定されてゐない筈はないと思はれた。死刑囚は自殺をしない。どう考へても自殺には似合はしからぬ季節であつた。私は何ものかが私を殺してくれるのを待つてゐた。ところがそれは、何ものかが私を生かしてくれるのを待つてゐるのと同じことなのである。

工場へかへつて二日すると、園子の熱情にあふれた手紙が届いた。それは本物の愛だつた。私は嫉妬を感じた。養殖眞珠が天然の眞珠に感じるやうな耐へがたい嫉妬を。それにしても自分を愛してくれる女に、その愛のゆゑに嫉妬を感じる男がこの世の中にあるだらうか？

……園子は私に別れてから自轉車に乘つて勤めへ出た。あまりぼんやりしてゐるので、氣分が惡いのかと同僚にたづねられた。書類の扱ひを何度かまちがへた。晝の食事をとりに家へかへつたが、また勤めへかへる道すがら、ゴルフ場へまはつて自轉車を止めた。黄いろい野菊がまだ踏まれたままになつてゐるあたりを見た。それから火山の山肌が、霧が拭はれるにつれて、明るい光澤を帶びた代赭いろをひろげるのを見、又しても暗い霧の氣配が山峽《やまかひ》から立ちのぼり、あのやさしい姉妹のやうな樣子をした二本の白樺の葉が、かすかな豫感のやうに慄へるのを見た。

——私が汽車のなかで、私自ら植ゑつけた園子の愛からどんな風にして逃げ出さうかと心を砕いてゐた同じ時刻に！……しかしともすると私はいちばん眞實にちかいかもしれぬ可憐な口實に我身を委ねて安心してゐる瞬間があつた。それは「彼女を愛してゐればこそ彼女から逃げなければならない」といふ口實である。

私は一向發展もしないが冷《さ》めたともみえない調子の手紙をそののち何度か園子に書いた。一ト月足らずのうちに草野の二度目の面會が許されることになり、彼が移つて來た東京近郊の隊へ草野の一家はまた面會にやつて來るといふしらせが届いた。弱さが私をそこへ促した。ふしぎにもあれほど彼女から逃げようといふ決心を固めた園子に、私は又ぞろ會はずにはゐられなかつた。會つてみて、私は渝らぬ彼女の前に、變り果てた私自身を見出だした。私は冗談一つ彼女に言へなくなつてゐた。かうした私の變化から、彼女も、彼女の兄も祖母も、母さへも、ただ私の物堅さを見てゐるにすぎなかつた。草野がいつものやさしい目つきで私に言つた一言が私を戰慄させた。

「近いうちに君のところへちよつとした重大通牒を發するよ。たのしみに待つてゐたまへね」

——一週間後、私が休日に母たちのところへかへつてゐたとき、その手紙が届いた。彼らしい稚拙な字が、まがひものでない友情を示してゐた。

『……園子のこと、家ぢゆうみんな本氣だ。僕が全權大使に任命された。話は簡單なのだが、君の氣持をききたいのだ。

みんな君に信頼してゐる。園子はもとよりのことだ。式はいつごろにしようかとまで母は考へはじめてゐるらしい。式のことはともかく、婚約の日取はきめても早すぎないころだと思ふ。

もつともこれはみんなこちらの當推量からのことなんだ。要するに、君のお氣持をうかがひたい。家同志の話し合ひも、すべてそれからのことにしたいと言つてゐる。しかしかうは言つても、毛頭君の意志を縛るつもりはないんだ。本當のところをうかがへれば安心出來るんだ。*NO*の御返事でも決して怨んだり怒つたり、僕たちの友達としての間柄に累を及ぼしたりすることにはならない。*YES*なら勿論大よろこびだが、*NO*の場合も決して氣を惡くしたりすることはない。自由な氣持で、フランクに御返事いただきたい。くれぐれも義理や行きがかりでない御返事をほしい。親しい友として御返事を待つ』

……私は愕然とした。私はその手紙を讀んでゐるところを誰かに見られはしなかつたかと思つてあたりを見まはした。

ありえないと思つてゐたことが起つたのだつた。戰爭といふものに對する感じ方・考へ方に、私とあの一家とでは格段の相違があるだらうことを、私は計算に入れてゐなかつたのだ。まだ廿一才で、學生で、飛行機工場へ行つてゐて、その上また、戰爭の連續のなかで育つて來て、私は戰爭の力をロマネスクなものに考へすぎてゐた。これほど激しい戰爭の破局のなかでも、人間の營みの磁針はちやんと一つの方向へむかつたままだつた。自分だつて今まで戀をしてゐるつもりでゐて、どうしてそこに氣がつかなかつたらう。私は奇體な薄ら笑ひをうかべながら手紙を讀み返した。

するとごく在り來りな優越感が胸をくすぐつた。私は勝利者なのである。私は客觀的には幸福なのであり、誰もそれを咎めはしないのである。それなら私にだつて幸福を侮蔑する權利はあるわけだ。

不安と居たたまれない悲しみとで胸が一杯なくせに、私は生意氣な皮肉な微笑を自分の口もとに貼りつけた。小さな溝を一つとびこせばよいやうに考へられた。それは今までの何ヶ月かをみんな出鱈目だと考へればよいのである。はじめから園子なんか、あんな小娘なんか、愛してゐなかつたと考へればよいのである。私はちよつとした欲望にかられて、(嘘つき奴！)、彼女をだましたと思へばよいのである。斷るのなんかわけはない。接吻だけで責任はないいんだ。——

『僕は園子なんか愛してゐはしない！』

この結論は私を有頂天にした。

素晴らしいことであつた。愛しもせずに一人の女を誘惑して、むかうに愛がもえはじめると捨ててかへりみない男に私はなつたのだ。なんとかういふ私は律儀な道徳家の優等生から遠くにゐることだらう。……それでゐて私が知らない筈はなかつた。目的も達しないで女を捨てる色魔なんかありえないことを。……私は目をつぶつた。私は頑固な中年女のやうに、ききたくないことにはすつかり耳をおほふ習慣がついてゐた

あとは何とかしてこの結婚を妨害する工作が殘つてゐるだけである。まるで戀敵の結婚を妨害するやうに。

窓をあけて私は母を呼んだ。

夏のはげしい光りがひろい菜園の上にかがやいてゐた。トマトや茄子の畑が乾燥した緑をとげとげしく反抗的に太陽のはうへもたげてゐた。その勁い葉脈に太陽はべたべたと、よく煮えた光線を塗りつけてゐた。植物の暗い生命の充溢が、見わたすかぎりの菜園のかがやきの下に押しひしがれてゐた。彼方に、こちらへ暗い顏を向けてゐる神社の杜があつた。そのむかうの見えない低地を、時折やはらかな震動を漲らせて郊外電車がとほるのである。そのたびにポールが輕躁に押して行つたあとの、ものうげに搖れてゐる電線の光りが見えた。それは厚みのある夏の雲をうしろにして、意味ありげに、また何の意味もなささうに、しばらくあてどもなく搖れてゐるのだつた。

菜園のただなかから、青いリボンをつけた大きな麥藁帽子が立上つた。母だつた。叔父――母の兄――の麥藁帽子は、ふりむきもせずに崩折れた向日葵のやうに動かなかつた。

ここの生活をはじめてからすこし日に灼けた母は、遠くから白い齒が目立つやうになつてゐた。彼女は聲のとどくところまで來ると子供らしいキンキン聲で叫んだ。

「なあによお。用ならそつちから出ていらつしやいよお」
「大事な用なんだよお。ちよつとここまで來てよお」
母は不服さうにのろのろと近づいた。手の籠には熟したトマトが盛られてゐた。やがて彼女は窓枠の上にトマトの籠を置いて何の用かとたづねた。

私は手紙を見せなかつた。かいつまんでその内容を話した。話しながら私は何のために母を呼んだかがわからなくなるのだつた。私は自分を納得させるために喋りつづけてゐるのではなかつたか？　私の父が神經質な口やかましい性格で、一つ家にゐれば私の妻になる人は苦勞するにちがひないといふこと、さうかといつて今のところ別に家を持つ目安はつかないこと、私の古風な家庭と園子の明るい開放的な家庭とでは家風が合ふまいといふこと、私にしてもそんなに早くから妻を貰つて苦勞したくないといふこと、……さまざまなありふれた惡條件を私は平氣な顏つきで述べ立てた。私は母の頑固な反對がほしいのだつた。しかるに私の母はのどかな寬大な人柄だつた。

「何だかへんな話なのね」——母は大して深く考へもしない樣子で口をはさんだ。「それで一體あなたの氣持はどうなの。好きなの？　それともきらひなの？」

「そりやあ僕も、あの」——私は口ごもつた。「そんなに本氣ぢやあなかつたんだ。遊び半分のつもりだつたんだ。それがむかうで本氣にとつたんで困つちやつたの」

「それなら問題はないぢやないの。早くはつきりさしておいた方がお互ひのためだわ。どうせ一寸した打診のお手紙なんでせう。はつきりしたお返事を出しといたらいいわ。……お母樣もう行くわよ。もういいんでせう」

「ああ」

——私は輕い吐息をついた。母は玉蜀黍が立ちはだかつてゐる枝折戸のところまで行くと、また小刻みに私の窓にかへつてきた。彼女の顏つきはすこしさつきとはちがつてゐた。

「あのね、今のお話ね」——母はやゝ他人ぢみた、いはば女が見知らぬ男を見るやうな目つきになつて私を見た。「……園子さんのことね、あなた、もしかして、……もう……」

「莫迦だなあ、お母樣つたら」——私は笑ひ出した。私は生れてから、こんな辛い笑ひを笑つたことはないやうな氣がした。「僕がそんな莫迦なことをすると思つてゐるの？　そんなに信用がないの？　僕は」

「わかつたわよ。念のためよ」――母は明るい顔に返つて照れくささうに打ち消した。「母親つてものは、さういふことを心配するために生きてるものなのよ。大丈夫よ。あなたは信用してゐるわ」

――私はわれながら不自然だと思へる婉曲な拒絶の手紙をその晩書いた。急なことで、今の段階ではそこまで氣持が進んでゐないと私は書いた。あくる朝工場へかへりがけに、郵便局へその手紙を出しに行つたとき、速達の掛りの女が私の慄へる手をいぶかしさうに見た。私はその手紙が彼女のがさつな汚れた手で事務的にスタンプを押されるのを見つめた。私の不幸が事務的に扱はれるのを見ることが私を慰めた。

空襲は中小都市の攻擊に移つてゐた。生命の危険は一應失はれてしまつたやうにみえた。學生のあひだには降伏說が流行りだしてゐた。若い助教授が暗示的な意見を述べて、學生の人氣を收攬しようとかかり出した。甚だ懷疑的な見解をのべるときの彼の滿足さうな小鼻のふくらみを見ると、私はだまされやしないぞと思つた。私は一方今以て勝利を信じてゐる狂信者の群にも白眼を剝いた。戰爭が勝たうと負けようと、そんなことは私にはどうでもよかつたのだ。私はただ生れ變りたかつたのだ。

原因不明の高熱が私を郊外の家に歸した。私は熱にくるめく天井を見つめながら、經文のやうに園子の名を心に呟きつづけた。やうやく起き上れるやうになつたころ、廣島全滅のニュースを私はきいた。

最後の機會だつた。この次は東京だと人々が噂してゐた。私は白いシャツに白い半ズボンで街を步き廻つた。やけつぱちの果てまで來て、人々は明るい顏で步いてゐた。一刻一刻が何事もない。ふくらましたゴム風船に今破れるか今破れるかと壓力を加へてゆくときのやうな明るいときめきが至るところにあつた。それでゐて一刻一刻が何事もない。あんな日々が十日以上もつづいたら、氣がちがふ他はないほどだつた。

ある日、間の拔けた高射砲の砲擊を縫つて、瀟洒な飛行機が夏空から傳單を降らした。

降伏申入のニュースであつた。その夕方父が會社のかへりにまつすぐ郊外の私たちの假寓へ立寄つた。

「おい、あの傳單はほんたうだよ」

——彼は庭から入つてきて緣側に腰を下ろすとすぐかう言つた。そして確かな筋からきいたといふ原文の英文の寫しを私に示した。

私はその寫しを自分の手にうけとつて、目を走らせる暇もなく事實を了解した。それは敗戰といふ事實ではなかつた。私にとつて、ただ私にとつて、怖ろしい日々がはじまるといふ事實だつた。その名をきくだけで私を身ぶるひさせる、しかもそれが決して訪れないといふ風《ふう》に私自身をだましつづけてきた、あの人間の「日常生活」が、もはや否應なしに私の上にも明日《あす》からはじまるといふ事實だつた。

第四章

意外なことに、私が怖れてゐた日常生活はなかなかはじまるけしきもなかつた。それは一種の内亂であつて、人々が「明日《あす》」を考へない度合は、戰爭中よりもいやまさるやうに思はれた。

大學の制服を借りてゐた先輩が軍隊からかへつたので、私はそれを返した。すると私は思ひ出から、乃至は過去から、自由になつたやうな錯覺にしばらく陷つた。

妹が死んだ。私は自分が涙を流しうる人間でもあることを知つて輕薄な安心を得た。園子が或る男と見合をして婚約した。私の妹の死後、間もなく彼女は結婚した。肩の荷が下りた感じとそれを呼ばうか。私は自分にむかつてはしやいでみせた。彼女が私を捨てたのではなく、私が彼女を捨てた當然の結果だと自負して。

宿命が私に強ひるところを、私自身の意志の、また理性の勝利だと附會する永年の惡癖が、一種きちがひじみた尊大さに達してゐた。私が理性と名付けてゐるものの特質には、どこか道ならぬ感じ、氣まぐれな偶然が彼を王位に据ゑたまやかしものの僭主の感じがあつた。この驢馬のやうな僭主は、おろかしい專制の、ありうべき復讐の結果をさへ豫知しないのである。

つづく一年を私はあいまいな樂天的な氣持ですごした。通り一ぺんの法律の勉强、機械的な通學、機械的な歸宅、……私は何ものにも耳を貸さず、何ものも私に耳を傾けはしなかつた。若い僧侶のやうな世故に長けた微笑を私は學んだ。自分が生きてゐるとも死んでゐるとも感じなかつた。私は忘れてゐるらしかつた。あの天然自然の自殺――戰争による死――の希みがもはや絶たれてしまつたことを。

本當の苦しみといふものは徐々にしか來ない。それはまるで肺結核に似てゐて、自覺症狀が起る時にはすでに病氣が容易ならぬ段階に進んでゐるのである。

ある日、だんだんに新刊の增した本屋の棚の前に立つて、私は粗末な假綴の飜譯書をとりだした。フランスの或る作家の冗舌なエッセイであつた　ふとひろげた頁の一行が私の目に灼きついた。しかし不快な不安に押されて本を閉ぢ、本棚に返した。

あくる日の朝、ふいに思ひ立つと、私は登校の道すがら大學正門にちかいその本屋に立ち寄つてきのふの本を買つた。民法の講義がはじまると、ひろげたノートのわきにそつとそれを取り出して例の一行を探した。きのふよりもつと鮮明な不安をその一行が私に與へた。

「……女が力をもつのは、たゞその戀人を罰し得る不幸の度合によつてだけである」

大學で親しくなつた友人が一人あつた。老舗の菓子屋の息子であつた。一見面白氣《げ》のない勤勉な學生のやうでゐて、彼が人間や人生に對してもらす「ふふん」と謂つた調子の感想と、私にきはめてちかい脆弱な體格とが、共感を呼んだのであつた。私が自己防衛と虚勢から同じやうな犬儒派風の態度を身につけてゐたのにひきかへて、彼のそれにはもつと危なげのない自信の根があるやうに思はれた。何から來る自信だらうと私は考へた。程經《へ》て彼が、私を童貞と見きはめた・のしかかるやうな自嘲と優越感とで、彼の悪所通ひを告白した。そして私に誘ひをかけた。

「行きたくなつたら電話をかけてよこせよ。いつでもお供するよ」

「うん。行きたくなつたらね。……多分……、もうすぐだ。もうすぐ決心がつくよ」

と私は答へた。彼は照れくささうに鼻をうごめかした。今の私の心理狀態がすつかり彼には讀め、てうど今の私と同じ狀態にあつた時の彼自身を思ひ出す羞恥の氣持が、私からはねかへつてくると謂つた面持である。私は焦躁を感じた。彼の目に映つてゐるやうな私の狀態と、現實の私の狀態とを、ぴつたりと一つものにしたいといふ御定まりの焦躁である。


潔癖さといふものは、欲望の命ずる一種のわがままだ。私の本來の欲望は、さういふ正面切つたわがままをさへ許さぬほどの隱密な欲望だつた。さりとてまた、私の假想の欲望——つまり女に對する單純な抽象的な好奇心——は、およそわがままの餘地もないほどの冷淡な自由を與へられてゐた。好奇心には道徳がないのである。もしかするとそれは人間のもちうるもつとも不徳な欲望かもしれない。

いたましい祕密な練習を私ははじめた。裸婦の寫眞をじつと見つめて自分の欲望をためすこと。――わかり切つたことだが、私の欲望はうんともすんとも答へない。例によつての惡習に際して、まづ何の幻影もうかべぬことから、次に女のもつともみだらな姿態を心にうかべることから自分を馴らさうと試みた。時あつてそれは成功するやうに思はれた。しかしこの成功には心の碎けるやうな白々しさがあつた。

一か八かだと私は思ひ定めた。日曜の午後五時にある喫茶店で待つてゐてくれるやうにと彼に電話をかけた。戰爭がをはつて二度目の新年の月半ばであつた。

「やつと決心がついたかい」――彼は電話口でげらげら笑つた。「よし行くよ。僕はきつと行くからね。すつぽかしたら承知しないぜ」

――笑ひ聲が耳に殘つた。それに對抗するには、誰も氣のつかない・ひきつつた微笑をしか私の持たないことが私にはわかつてゐた。それでゐてまだ一縷の希み、といふよりは迷信が私にあつた。それは危險な迷信だつた。虛榮心のみが危險を冒させる。私の場合は廿三にもなつて童貞だと思はれまいとする在り來りの虛榮心である。

考へてみると、私が決心を固めた日は誕生日であつた。

――私たちはお互ひに探り合ふやうな表情で相手を見たが、彼もけふは、尤もらしい顔つきもげらげら笑ひもどちらも同じ程度に滑稽に見えることを知つてゐて、あいまいな口もとからしきりに煙草の煙を吹いた。そして二言三言この店の菓子の不出來について、手持無沙汰な意見を述べ立てた。私はろくにきいてゐなかつた。かう言つた。

「君にも覺悟があるだらうね。はじめてそんなところへ連れて行つた奴は、一生の友達かそれとも一生の仇敵か、どつちかになるだらうよ」

「おどかすなよ。僕は御覽のとほり氣が弱いんだ。一生の仇敵なんて、役どころぢやねえや」

「それだけ自分がわかつてゐるとは感心だ」

私はわざと高飛車に出た。

「それはさうと」と彼が司會者のやうな顔をして、「どこかで飮んで行かなくちや。素面ぢや、はじめての人はちよつと無理だ」

「いや、僕は飮みたくない」――私は頬が冷えるのを感じた。「絶對に飮まないで行くよ。そのくらゐの度胸はあるんだ」

それから暗い都電、暗い私鐵、見知らぬ驛、見知らぬ街、貧弱なバラックが立並んだ一隅、紫や赤の電燈が女たちの顔を張りぼてのやうにみせてゐた。霜どけのじとじとする徑を嫖客たちが、跣足であるくやうな靴音を立てて無言で行き交うてゐた。何の欲望もない。不安だけが、まるでおやつをせきたてる子供のやうに私をせきたてた。

「どこでもいいよ。どこでもいいつたら」

ちよいと、ちよいとつたら、……といふ女たちのわざとらしく息苦しげな聲から私は逃げたかつた。

「そこの家の妓は危ないんだよ。いいかい？ あんな面《つら》で。あそこなら比較的安全だよ」

「面《つら》なんかどうでもいいや」

「そんなら僕は相對的にシャンのはうにするぜ。あとで怨むなよ」

——私たちが近づくと、二人の女が憑かれたやうに立上つた。立上ると天井に頭の屆きさうな小さい家である。金歯と歯莖をむき出しにして笑ひながら、のつぽの東北訛の女が私を三疊の小部屋へ誘拐した。

義務觀念が私に女を抱かせた。肩を抱いて接吻しかかると、厚い肩がぐらぐらと搖れて笑つた。

「だめよォ。紅がついちまふわよォ。かうすんのよォ」

娼婦が口紅にふちどられた金歯の大口をあけて逞ましい舌を棒のやうにさし出した。私もまねて舌を突き出した。舌端が觸れ合つた。……余人にはわかるまい。無感覺といふものが强烈な痛みに似てゐることを。私は全身が强烈な痛みで、しかも全く感じられない痛みでしびれると感じた。私は枕に頭を落した。

十分後に不可能が確定した。恥ちが私の膝をわななかせた。

友人が氣づかなかつたといふ假定のもとに、それから數日、むしろ快癒のあの自墮落な感情に私は身を委ねた。不治の病の危惧になやんだ人が、その病名が確定して、却つて味はふ一時的な安堵に似たものである。彼はそのくせ安堵が一時的なものにすぎないことをよく知つてゐる。しかも心はもつと逃げ場のない絶望的な、それだけに永續性のある安堵を待つのである。もつと逃げ場のない打擊を、言ひかへればもつと逃げ場のない安堵を私も心待ちにしてゐたことにならう。

それから一ト月のあひだに、私は例の友人と學校で何度か會つてゐた。お互にあの話には觸れなかつた。一ト月たつて彼が同じやうに私と親しい女好きの友達をつれてたづねてきた。十五分で女をものにしてみせるとつね〴〵廣言してゐる街氣いつぱいの靑年だつた。話はやがて落ちるべきところへ落ちた。

「僕はもうやりきれないよ。自分で自分を扱ひかねるよ」――女好きの學生が私の顏をじろじろ見ながら言つた。「もし僕の友達にインポテンツの男がゐたら、僕は羨ましいね。羨ましいどころか尊敬するね」

私の顔色が變つたのを見てとつて、例の友人が話題を變へた。

「マルセル・プルゥストの本を君から借りる約束だつたね。面白いかね」

「ああ、面白いね。プルゥストはソドムの男なんだよ。下男と關係があつたんだ」

「何だい、ソドムの男つて？」

私が知らないふりをすることで、この小さな質問にすがつて、私の失態が氣づかれてはゐないといふ反證の手がかりを得ようと、力の限り足掻いてゐるのが私にはわかつた。

「ソドムの男つてソドムの男さ。知らないかなあ。男色家のことだよ」

「プルゥストがさうだとは初耳だな」――私は聲がふるへるのを感じた。怒りを見せれば相手に確證を與へるやうなものだつた。私はこんな恥づべき見かけの平靜に耐へられる自分が空怖ろしかつた。例の友人がかぎつけてゐたことは明白である。心なしか彼は私の顏を見まい見まいとしてゐるやうに思はれた。

夜十一時にこの呪はしい訪客がかへると、私は部屋に引きこもつて一夜を明かした。私は啜り泣いた。最後に、いつもながらの血なまぐさい幻想が訪れて私を慰めた。この何よりも身近で親しい殘忍非道な幻影に私は身を打ちまかせた。

慰めが要つた。空つぽの會話と白けた後味をしか殘さないことがわかつてゐながら、私は古い友人の家の集まりにたびたび顔を出した。大學の友人とちがつて御體裁屋がそろつてゐるさうした集まりは、却つて心易く思はれたからである。そこには乙に氣取つた令孃たちやソプラノ歌手や女流ピアニストの卵や結婚したての若い夫人たちがゐた。ダンスをしたり少量のお酒を飲んだり下らない遊戲をしたり多少エロティックな鬼ごつこをしたりして、時には夜明けにわたるのであつた。

明けがたになると、私たちはときどき踊りながら眠つた。睡氣ざましに、幾枚かの座蒲團を撒《ま》き、突然止むレコードを合圖に輪踊りの輪を崩し、男と女が一組づつ一枚の座蒲團へ腰を下ろして、坐りはぐれた一人に隱し藝をさせるといふ遊びをした。立つて踊つてゐるものが、もつれ合つて床の座蒲團に腰を落すのだから、大騷ぎである。何度もくりかへすうちに、女たちもなりふりをかまはないやうになつた。いちばん美しい令孃がもつれ合つて尻餅をついたはづみに、スカートが太腿の上までまくれてしまつたのを、少し酔つてゐるせいか氣がつかずに笑つてゐる。腿の肉がつややかに白いのである。

以前の私なら、轉瞬も忘れぬ例の演技で、他の青年と同じやうに、自分の欲望から身をそむける習慣を眞似て、咄嗟にそこから目を外《そ》らしただらうと思はれる。しかし私はあの日以來、以前の私とは變つてゐた。私はいささかの羞恥もなく、——つまり生來的な羞恥がないといふことについての羞恥がいささかもなく——、じつと物質を見るやうにその白い腿を見詰めた。俄かに私に、凝視から來る收斂《しうれん》された苦しみが訪れた。苦しみはかう告げるのである。『お前は人間ではないのだ。お前は人交はりのならない身だ。お前は人間ならぬ何か奇妙に悲しい生物《いきもの》だ』

折よく官吏登用試験の準備が迫り、私をできるかぎり無味乾燥な勉強のとりこにしてくれたので、身も心も苦しめる事柄からは自然に遠のいてゐることができた。しかしそれもはじめのうちだけである。例の一夜からの無力感が生活の隅々にはびこるにつれ、心は鬱して何も手につかない數日がつづいた。自分に對して何らかの可能の證しを立てる必要が日ましに濃くなるやうに思はれる。それを立てなければ生きてゆけないやうに思はれる。とはいへ、生れながらの背德の手段《てだて》はどこにも見當らなかつた。私の異常な欲望を、よしんばずつと穩當な形ででも、充たしてくれるやうな機會はこの國にはなかつた。

春が來て、私は平靜な外見《そとみ》のかげに狂ほしい苛立たしさを蓄へた。季節そのものが、砂まじりの烈風がそれを示すやうに、私に對して敵意を抱いてゐるやうに感じられた。私を擦過してゆく自動車があると、心の中で聲高《こわだか》にかう叱りつけるのであつた。『何故僕を轢かないのだ』と。

私は好んで强引な勉强と强引な生活法を自分に課した。勉强のあひまに街へ出るときなど、私の血走つた目に不審の眼差を何度か感じた。人目には世にも謹直な日々が重ねられてゐるといふのに、私は自墮落と放蕩と明日《あす》を知らぬ生活と酸え切つた怠惰との、むしばむやうな疲勞について知るのであつた。しかし春も果てようといふある午後のこと、都電に乘つてゐて、私はだしぬけに、息のとまりさうな淸冽な動悸に襲はれた。

立つてゐる乘客の間からのぞかれる向ひの座席に、園子の姿を見たからである。稚なげな眉の下に、眞率でつつましく・いはうやうない深い優しさのある彼女の眼があつた。私は危ふく立上らうとした。と、立つてゐた乘客の一人が吊革を離れて出口のはうへ動きだした。女の顔がまともに見える。園子ではなかつた。

私の胸はまだ立ちさわいでゐた。その動悸をただの愕きの・あるひは疚《や》ましさの動悸だと説明することは容易であつたが、刹那の感動の潔らかさを、さうした説明でくつがへすことはできなかつた。私は三月九日の朝のプラットフォームで園子を見出だしたときの感動を咄嗟に思ひうかべたが、これとそれとはそつくりであり、別のものではなかつた。薙ぎ倒されるやうな悲しみまで似てゐたのである。

この些細な記憶は忘れがたいものになり、それにつづく數日に活々とした動搖を與へた。そんなわけはない、私がまだ園子を愛してゐるわけはない、私は女を愛することなんかできない筈だ。かういふ反省が却つてそそるやうな抵抗になつた。きのふまではかうした反省が私に忠實で從順な唯一のものであつた筈なのに。

かうして思ひ出が突然私のなかに權力を取戻し、このクゥデタはあからさまな苦痛の形をとつた。二年まへに私がきちんと片附けてしまつた筈の「些細な」思ひ出が、まるで成長してあらはれた隱し兒のやうに、私の眼前に異常に大きなものに育つてよみがへつた。それはその時々に私が假構した「甘さ」の調子でもなく、また後になつて私が整理の便法として用ひた事務的な調子でもなく、思ひ出の隅々までが、一つの、明瞭な、苦しみの調子に貫ぬかれてゐた。それが悔恨であつたとしたら、多くの先人が耐へる道すぢを發見してくれてゐる。しかしこの苦しみは悔恨ですらなく、何か異常に明晰な、いはば窓から街路を區切つてゐる烈しい夏の日ざしを見下ろしてゐることを强ひられでもしたやうな苦痛なのである。

ある梅雨曇りの午後、日頃馴染みのうすい麻布の町を所用のついでに散歩してゐると、うしろから私の名が呼ばれた。園子である。ふりむいたところに彼女を見出だした私は、電車のなかでほかの女を彼女と見まちがへた時ほどには愕かなかつた。この偶然の出會はいたつて自然なもので、私はすべてを豫知してゐたやうに感じた。この瞬間をずつと以前から知悉してゐたやうに感じたのである。

彼女は胸の切込みにレエスをつけた他には飾りのない・洒落れた壁紙のやうな花もやうのワンピースを着てをり、奥さん奥さんしたところが見られなかつた。配給所のかへりとみえてバケツを手に提げ、やはりバケツを提げた老女が附き従つてゐた。老女を先にかへして私と話しながら歩いた。

「すこしおやせになつたのね」

「ああ、試験勉強のおかげで」

「さうを。お體お氣をつけあそばせね」

私たちは少しのあひだ默つた。焼け殘つた邸町の閑散な道に薄日がさしはじめる。一軒の厨口から、びしよぬれの家鴨《あひる》が一羽不器用に歩き出して、私たちの前をわめきながら溝ぞひにむかうへゆく。私は幸福を感じた。

「今、どんな本をよんでゐるの」と私がたづねた。

「小説？『蓼喰ふ虫』と、……それから」

「Aはよまないの」

私は今流行の『A……』といふ小説の名を言つた。

「あの裸の女の？」と彼女が言つた。

「え」——私が愕いてきき返した。

「いやだわ……表紙の繪のことよ」

——二年前、彼女は面とむかつて『裸の女』などといふ言葉を使へる人ではなかつた。園子がもう純潔ではないことが、かうした些細な言葉の端から痛いほどわかるのである。

角のところまで來ると彼女は立止つた。

「家はここを曲つて突き當りなのよ」

別れが辛いので、私は伏せた目を、バケツに移した。バケツのなかには、日を浴びて、海水浴の日に灼けた女の肌のやうにみえる蒟蒻がひしめいてゐた。

「あんまり日に當てておいたら、蒟蒻がくさつてしまふな」

「さうなの、責任重大なのよ」園子が鼻にかかつた高聲で言つた。

「さやうなら」

「ええ、ごきげんよう」――彼女は背を向けた。

私が呼びとめて、お里へかへることはないのかと訊ねると、今度の土曜日にかへると事もなげに言つた。

別れてから、私は今まで氣づかずにゐた重大なことに氣づくのだつた。今日の彼女は私を恕してゐるやうに見えたのだ。何故私を恕すのであらう。この寛大さにまさる侮辱があるかしら。しかしもしもう一度はつきりと彼女の侮辱にぶつかれば、私の苦痛も癒えるかもしれないのである。

土曜日が待ち遠に思はれた。折よく草野は京都の大學から自宅にかへつてゐた。

土曜日の午後、草野を訪ねて話してゐるうちに、私は自分の耳を疑つた。ピアノの音がきこえたのである。それはもう稚なげな音色ではなく、豐かで、奔逸するやうな響をもち、充實し、輝やかしかつた。

「誰？」

「園子だよ。けふは家へかへつて來てゐるんだ」

何も知らない草野がさう答へた。私はあらゆる記憶を苦痛を以て一つ一つ心に呼び返した。あの時の婉曲な拒絶についてその後一言もふれない草野の善意が重たく感じられた。私は園子があの時いささかでも苦しんだといふ證據を得たく、私の不幸の何らかの對應物をみとめたかつた。しかし「時」がふたたび草野や私や園子の間に雜草のやうに生ひ茂り、何らかの意地、何らかの見榮《みえ》、何らかの遠慮をとほさない感情の表白は、禁ぜられてしまつたのである。

ピアノが止んだ。連れて來ようかと草野が氣をきかせて言つた。やがて兄と一緒に園子がこの部屋へ入つて來た。三人は園子の良人がつとめてゐる外務省の知人たちの噂話をして意味もなく笑つた。草野が母に呼ばれて立つたので、二年前のある日のやうに園子と私は二人きりになつた。

彼女は良人の盡力で草野家が接收を免かれた自慢話を子供らしく私にきかせた。少女時代から彼女の自慢話が私は好きだつた。謙遜すぎる女は高慢な女と同様に魅力のないものであるが、園子はおつとりした程のよい自慢話に、無邪氣な好もしい女らしさを漂はせた。

「あのね」と彼女がしづかに言葉をついだ。「うかがはうかがはうと思つてゐて今までうかがへなかつたことがあるの。どうして私たち結婚できなくなつてしまつたのかしら。あたくし兄に御返事をいただいた時から、世の中のことがわからなくなつたの。毎日考へて考へて暮らしたの。それでもわからなかつたの。今でも、あたくし、どうしてあなたと結婚できなかつたのか、わからなくてよ。……」——怒つてゐるやうに、すこし紅みのさした頰を私のはうへ向けて、彼女は顏をそむけながら朗讀するやうに言つた。「……、あたくしをおきらひだつたの?」

聞きやうによつては事務的な査問の調子にすぎないこの單刀直入な問ひかけに、私の心は一種劇烈ないたましい喜びを以て應へた。しかしたちまち、この不埒な喜びは苦痛に轉身した。それは實に微妙な苦痛であつた。本來の苦痛のほかに、二年前の「些細」な出來事のむし返しにかうも心が痛むことで自尊心が傷つけられてゐるといふ苦痛もあつた。私は彼女の前に自由でありたいのだつた。しかし依然としてさうある資格はないのである。

「君は世の中のことをまだちつとも知らないんだ。君のいいところもその世間知らずにあるんだ。でもね、世の中といふものは、好きな同志がいつでも結婚できるやうにはできてゐないんだ。僕が君の兄貴への手紙にも書いたとほりさ。それに……」――私は自分が女女しいことを言ひ出さうとしてゐるのを感じた。默りたかつた。しかし止めることはできなかつた。「……それに、僕はあの手紙のなかで、どこにもはつきり結婚できないなんて書きはしなかつた。まだ廿一だし、學生だし、あまり急なことだつたからだ。さうして僕が愚圖々々してゐるうちに、君はあんなに早く結婚してしまつたんだもの」

「それはあたくしだつて、後悔する權利なんかありはしないわ。主人はあたくしを愛してくれるし、あたくしも主人を愛してゐるのですもの。あたくしは本當に幸福で、これ以上希ふことなんかないのですもの。でも、惡い考へかしら、ときどき、……かう、何と言つたらいいのかしら、別のあたくしが別の生き方をしようとしてゐるのを想像してみることがあるのよ。さうすると、あたくしはわからなくなるの。あたくしは言つてはいけないことを言はうとしてゐるやうな氣がするの。考へてはいけないことを考へさうな氣がしてこわくてたまらなくなるのよ。さういふ時に主人がとてもたよりになるわ。主人はあたくしを子供のやうに可愛がつてくれるわ」

「己惚れみたいだけど、言はうか。さういふとき、君は僕を憎んでゐるんだ。ひどく憎んでゐるんだ」

——園子には「憎む」といふ意味さへわからなかつた。やさしく生眞面目にすねてみせた。「御好きなやうに御想像あそばせ」

「もう一度二人きりで會へない?」——私は何かに急《せ》かれるやうに哀願した。「ちつとも疾《や》ましいことぢやない。ただ顔を見さへすれば氣がすむんだ。僕にはもう何も言ふ資格はない。默つてゐたつていいんだ。たつた三十分でもいいんだ」

「會つてどうなさるの。一度お目にかかればもう一度と仰言りはしなくつて。主人の家は姑《はは》がやかましくて、いちいち出先から時間までしらべることよ。そんな窮屈な思ひをしてお目にかかつてゐて、もしかして……」――彼女は言ひ淀んだ。「……人間の心つて、どんな風に動いてゆくか誰も言へないわ」

「そりやあ、誰も言へない。しかし君は勿體ぶり屋さんだね、あひかはらず。物事をどうしてもつと朗らかに、何でもなく考へられないの？」――私はひどい嘘を言つてゐる。

「……男の方《かた》はそれでいいんだわ。でも結婚した女はさうも行かないのよ。あなた奧樣をおもちになればきつとおわかりになるわ。あたくし、どんなに物事を大事をとつて考へても考へすぎないと思つてゐることよ」

「まるでお姉さんみたいなお說敎をするんですね」

――草野が入つて來て、話が中斷された。

かうした對話のあひだにも、私の心にむらがる狐疑は限りがなかつた。私が園子に逢ひたいといふ心持は神かけて本當である。しかしそれに些かの肉の欲望もないことも明らかである。逢ひたいといふ欲求はどういふ類ひの欲求なのであらう。肉慾のたいことがもはや明らかなこの情熱は、おのれをあざむくものではあるまいか？　よしそれが本當の情熱だとしても、たやすく抑へうるやうな弱い焰をこれ見よがしに搔き立ててゐるにすぎぬのではないか？　そもそも肉の慾望にまつたく根ざさぬ戀などといふものがありえようか？それは明々白々な背理ではなからうか？

しかしまた思ふのである。人間の情熱があらゆる背理の上に立つ力をもつとすれば、情熱それ自身の背理の上にだつて、立つ力がないとは言ひ切れまい、と。

*

*　　*

あの決定的な一夜このかた、私は巧みに女を避けて暮らした。あの一夜以來、まことの肉慾をそそる *Ephebe* の唇はおろか、一人の女の唇にも觸れずに來た。よし接吻せぬことが却つて非禮に當るやうな局面に出會つても。——そして春にもまして、夏の訪れが私の孤獨をおびやかした。眞夏は私の肉慾の奔馬に鞭をあてるのである。私の肉を灼きつくし、苛《さい》なむのである。身を保つためには、時あつて一日五回の惡習が必要であつた。

倒錯現象を全く單なる生物學的現象として説明するヒルシュフェルトの學説は私の蒙をひらいた。あの決定的な一夜も當然の歸結であり、何ら恥づべき歸結ではなかつたのである。想像裡での *Ephebe* への嗜欲は、かつて一度も *pedicatio* へは向はずに、研究家がほぼ同程度の普遍性を證明してゐる或る種の形式に固定した。獨乙人の間では私のやうな衝動は珍らしからぬこととされてゐる。プラァテン伯の日記はもつとも顯示的な一例であらう。ヴィンケルマンもさうであつた。文藝復興期の伊太利では、ミケランヂェロが明らかに私と同系列の衝動の持主であつたのである。

しかしかうした科學的な了解で私の心の生活が片附いたわけではなかつた。倒錯が現實のものとなりにくいのも、私の場合はただそれが肉の衝動、いたづらに叫び・徒らに喘ぐ暗い衝動にとどまつてゐたせいだつた　私は好もしい *Ephebe* からも、ただ肉慾をそそられるに止まつた。皮相な言ひ方をするならば、靈はなほ園子の所有に屬してゐた。私は靈肉相剋といふ中世風な圖式を簡單に信じるわけにはゆかないが、説明の便宜のためにかう言ふのである。私にあつてはこの二つのものの分裂は單純で直截だつた。園子は私の正常さへの愛、靈的なものへの愛、永遠なものへの愛の化身のやうに思はれた。

しかしまた、それだけでも問題は片附かない。感情は固定した秩序を好まない。それは灝氣《エーテル》の中の微粒子のやうに、自在にとびめぐり、浮動し、をののいてゐることのはうを好むのである。

……一年たつて私たちは目ざめるのであつた。私は官吏登用試驗に合格し、大學を卒業し、ある官廳に事務官として奉職してゐた。この一年、私たちは、あるときは偶然のやうにして、あるときは大して重要でもない用件にかこつけて、二三ヶ月おきに、それも晝の一、二時間、何事もなく逢ひ何事もなく別れるやうな機會をいくつか持つた。それだけであつた。私は誰に見られても恥づかしくなく振舞つた。園子もわづかな思ひ出話と、今のお互ひの環境を遠慮がちに揶揄する話題以外には踏み出さなかつた。關係とはむろんのこと、間柄と呼ぶさへどうかと思はれる程度の交際である。逢つてゐるときも私たちはその時々の別れぎはをきれいにすることしか考へてゐなかつた。

私はそれで以て満足してゐた。のみならずかうした途絶えがちな間柄の神祕な豊かさを何ものかにむかつて感謝してゐた。園子のことを考へない日はなかつたし、逢ふたびごとに靜かな幸福を享けた。逢瀬の微妙な緊張と清潔な均整とが生活のすみずみにまで及び、いたつて脆いがしかしきはめて透明な秩序を生活にもたらすやうに思はれた。

しかし一年たつて私たちは目ざめたのである。私たちは子供部屋にゐるのではなく、すでに大人の部屋の住人であり、そこでは中途半端にしか開かないドアはすぐさま修繕されなければならない。いつも一定度以上ひらかないドアのやうな私たちの間柄は、早晩修理を要するものなのである。そればかりか大人は子供のやうには單調な遊びに耐へられない。私たちが閲《けみ》した何回かの逢瀬は、重ねてみるとぴつたり合ふカルタの札《ふだ》のやうに、どれもおなじ大きさとおなじ厚さとの、判で押したやうなものにすぎなかつた。

かうした關係にあつて、私はしかも、私にしかわからない不徳のよろこびをも抜け目なく味はつてゐた。それは世の常の不徳よりも一段と微妙な不徳で、精妙な毒のやうに消潔な悪徳なのである。私の本質、私の第一義が不徳である結果、道徳的な行ひ、やましからぬ男女の交際、その公明正大な手續、徳操高い人間と見做されること、却つてこれらのことが背徳の祕められた味はひ、まことの惡魔的な味はひで私に媚びるのである。

私たちはお互ひに手をさしのべて何ものかを支へてゐたが、その何ものかは、在ると信じれば在り、無いと信じれば失はれるやうな、一種の氣體に似た物質であつた。これを支へる作業は一見素朴で、實は巧緻を要する計算の結着である。私は人工的な「正常さ」をその空間に出現させ、ほとんど架空の「愛」を瞬間瞬間に支へようとする危險な作業に園子を誘つたのである。彼女は知らずしてこの陰謀に手を貸してゐるやうにみえた。知らなかつたので、彼女の助力は有效だつたといふことができよう。が、時が來て園子はおぼろげに、この名狀しがたい危險、世の常の粗雜な危險とは似ても似つかぬ或る正確な密度ある危險の拔きがたい力を感じるのであつた。

晩夏の一日、高原の避暑地からかへつた園子と、私は「金の雞」といふレストランで逢つた。逢ふとすぐ、私は役所をやめたいきさつを話した。

「どうなさるの、これから」

「成行まかせだよ」

「まあ呆れた」

彼女はそれ以上は立入らなかつた。私たちの間にはこの種の作法が出來上つてゐた。

高原の陽に灼けて、園子の肌は、胸のあたりの眩ゆい白さを失つてゐる。指環の巨きすぎる眞珠が暑さのために物憂げに曇つてゐる。彼女の高い聲の調子にはもともと哀切さと倦《だる》さとの入りまじつた音樂があるのだが、それがこの季節に大そう似つかはしくきこえた。

私たちはしばらく、またしても無意味な、徒らに堂々めぐりの、不眞面目な會話をつづけてゐた。暑さのせいであらうか、それが時として大そう空まはりな會話に感じられる。他人の會話をきいてゐるやうな心地がする。眠りのさめぎはに、たのしい夢からさめまいとして、また寢入らうとする苛立たしい努力が、かへつて夢をよびかへすことを不可能にしてしまふあの氣持。あの白々しく切り込んで來る覺醒の不安、あの醒めぎはの夢の虛しい悅樂、それらが私たちの心を何か惡質の病菌のやうに蝕ばんでゐるさまを私は見出だした。病氣は、媟し合はされたやうに、ほとんど同時に私たちの心に來たのであつた。それが反動的に私たちを陽氣にした。おたがひに相手の言葉に追ひかけられるやうにして、私たちは冗談を言ひ合つた。

園子はエレガンな高い髮形の下に、日焦けが幾分その謐けさを擾してゐるにしても、稚ない眉とやさしく潤んだ目とこころもち重たさうな唇とをいつものやうに靜かに湛へてゐた。卓の傍らをレストランの女客が彼女を氣にしながら通る。給仕が大きな白鳥の氷の背に氷菓をのせた銀の盆を捧げてゆききしてゐる。彼女は指環のきらめく指でプラスティックのハンドバッグの留金をそつと鳴らした。

「もう退屈したの？」

「そんなこと仰言つちや、いや」

何かふしぎな倦怠が彼女の聲の調子にこもつてきこえる。それは「艶やかな」と謂つても大差のないものである。窓外の夏の街並へ視線が移された。ゆつくりとかう言つた。

「ときどきあたくしわからなくなることよ。かうしてお目にかかつてゐるの何のためかしら。それでゐてまた、お目にかかつてしまふのだわ」

「少くとも意味のないマイナスではないからでせう。意味のないプラスにはちがひないにしても」

「あたくしには主人といふものがあるわ。たとへ意味がないプラスでも、プラスの余地はないわけだわ」

「窮屈な數學ですね」

——園子がやうやく疑惑の門口へ來てゐることを私はさとつた。半分しか開《あ》かないドアはそのままにしてはおけないことを感じはじめたのである。ともすると今ではかう謂つた几帳面な敏感さが、私と園子との間に在る共感の大きな部分を占めてゐるのかもしれなかつた。何もかもそのままにしておける年齢には、私もまだ程遠いのである。

それにしても名状しがたい私の不安が園子にいつのまにか傳染《うつ》つてをり、しかもこの不安の氣配だけが私たちの唯一の共有物であるかもしれない事態を、突然明證が私の目につきつけさうに思はれる。園子はまたかう言つた。私は聞くまいとした。しかし私の口が輕兆な受けこたへをするのである。

「今のままで行つたらどうなるとお思ひになる？　何かぬきさしならないところへ追ひこまれるとお思ひにならない？」

「僕は君を尊敬してゐるんだし、誰に對しても疚《やま》しくないと思つてゐるよ。友達同志が逢つてどうしていけないの？」

「今まではさうだつたわ。それは仰言るとほりだことよ。あなたは御立派だつたと思つてゐてよ。でも先のことはわからないわ。何一つ恥かしいことをしてゐないのに、あたくしどうかすると怖い夢を見るの。そんな時、あたくし神さまが未來の罪を罰していらつしやるやうな氣がするの」

この「未來」といふ言葉の確實な響きが私を戰慄させた。

「かうやつてゐれば、いつかお互ひに苦しむやうなことになると思ふの。苦しくなつてからでは手遅れではなくて？　だつてあたくしたちのしてゐること、火遊びみたいなものではなくて？」

「火遊びつてどんなことをするんだと思つてゐるの？」

「それはいろいろあると思ふわ」

「こんなの火遊びのうちに入るもんですか。水遊びみたいなもんだ」

彼女は笑はなかつた。ときどき話の合間に唇がきつくたわむほどに引締められた。

「あたくしこのごろ自分のことを怖ろしい女だと思ひはじめたの。精神的には穢《けが》れてしまつた悪い女としか自分を思へないの。主人のほかの人のことは夢にも思はないやうにしなければいけないわ。この秋に、あたくし、受洗する決心をしたことよ」

私は園子が半ば自己陶酔で言つてゐるかうしたものぐさな告白のなかに、却つて彼女が女らしい心の逆説を辿つて、言ふべからざることを言はうとしてゐる無意識の欲求を忖度《そんたく》した。それを喜ぶ権利も、悲しむ資格も私にはない。そもそも彼女の良人に些かの嫉妬も感じてゐない私が、この資格なり権利なりを、どう動かし、どう否定し、またどう肯定することができよう。私は默つてゐた。夏のさかりに、自分の白い弱々しい手を見ることが私を絶望させた。

「今はどうなの？」

「今？」

彼女は目を伏せた。

「今は誰のことを考へてゐるの？」

「…… それは主人だわ」

「では受洗の必要はないんだね」

「あるの。……あたくし怖いのよ。あたくしまだひどく揺れてゐるやうな氣がするの」

「それでは今はどうなの？」

「今？」

誰へ向つてともなく訊ねるやうに、園子は生眞面目な視線をあげた。この瞳の美しさは稀有のものである。泉のやうに感情の流露をいつも歌つてゐる深い瞬かない宿命的な瞳である。この瞳に向ふと私はいつも言葉を失くした。吸ひさしの煙草を、遠い灰皿へいきなり押しつけた。と、かぼそい花瓶が顚倒して卓を水びたしにした。

給仕が來て水の始末をする。水に皺疊んだ卓布が拭はれてゐるさまを見ることは、私たちをみじめな氣持にした。それがすこし早目に店を出る機會になつた。夏の街が苛立たしく雜沓してゐる。胸を張つて健康な戀人同志が腕もあらはに行き過ぎる。私はあらゆるものからの侮蔑を感じた。侮蔑は夏のはげしい日差のやうに私を灼くのである。

あと卅分で私たちの別れの時刻が來るのだつた。それが正確に別れの辛さからだとは言ひにくいが、一種情熱に見まがふ暗い神經的な焦躁が、その卅分間を油繪具のやうな濃厚な塗料で塗りつぶしたい氣持にさせた。調子の狂つたルムバを擴聲器が街路に撒きちらしてゐる踊り場の前で私は立止つた。昔讀んだ或る詩句をふと思ひ泛べたからである。

……然しそれにしてもそれは
終りのないダンスだつた。

その餘は忘れた。たしかアンドレ・サルモンの詩句である。園子はうなづいて、卅分のダンスのために、行き馴れぬ踊り場へ私に從つた。

オフィスの晝休みを一二時間自分勝手に延長して踊りつづけてゐる常連で踊り場は混雜してゐた。溫氣《うんき》が顏にまともに當つた。たださへ不備な換氣裝置に、外光を避ける重苦しいカアテンが加はつて、場內は澱んだ息苦しい暑熱が、ライトの映し出す霧のやうな埃をどんよりと動かしてゐる。汗と安香水と安ポマードの匂ひをふりまきながら、平氣で踊つてゐる客種はいはずと知れてゐた。園子を連れ込んだことを私は後悔した。

しかしあとへ引返すことは今の私にはできない。私たちは氣の進まぬままに踊りの群へ分け入つた。所まばらな扇風機も、風らしい風を送つてはよこさなかつた。ダンサアとアロハ・シャツの若者が汗みどろの額を寄せ合つて踊つてゐる。ダンサアの鼻のわきはどす黒くなり、白粉が汗に粒立つてできもののやうにみえる。ドレスの背は、先程の卓布以上に、うす汚れて濡れそぼつてゐた。踊るか踊らぬかに汗が胸を傳はつた。園子は息苦しさうに短かい息を吐いた。

私たちは外氣を吸ひに、季節はづれの造花をからませたアァチをくぐつて、中庭へ出て、粗末な椅子で休んだ。するとここには、外氣はあつたが、混凝土の床の照り返しが、日影の椅子にまで強烈な熱を投げかけてゐた。コカコラの甘さは口に粘ついた。私の感じてゐるあらゆるものからの侮蔑の痛みが園子をも無言にしてゐることが感じられる。私はこの沈默の時間の推移に耐へきれなくなつて、目を私たちの周圍に移した。

太つた娘がハンケチで胸をあふぎながら、ものうげに壁に凭りかかつてゐた。壓倒するやうなクキック・ステップを、スウィング・バンドが奏してゐる。中庭の植木鉢の樅は、ひびわれた土の上に斜めになつてゐた。日覆の下の椅子は滿員であつたが、日向の椅子にはさすがにかける人がなかつた。

しかしただ一組だけがその日向の椅子を占めて人もなげに談笑してゐた。それは二人の娘と二人の若者だつた。娘の一人は吸ひなれない手つきの煙草を、氣取つた樣子で口にあてては、そのたびに小さなこもつた咳をしてゐた。どちらも浴衣で作つたらしい怪しげなワンピースに腕もあらはである。漁師の娘のやうなその赤い腕には、ところどころに蟲の嚙み跡があつた。彼女たちは若者の野鄙な冗談に、いちいち顔を見合はせて様子ぶつて笑つてゐた。髪にふりかかる強烈な夏の日差も別段氣にかからぬ風《ふう》だつた。若者の一人はすこし蒼ざめた陰険な顔つきでアロハを着てゐる。しかし腕は逞ましい。ちらちらとたえず卑猥な笑ひが口もとにうかんで消えた。指さきで女の胸を突つついては笑はせてゐた。

　のこる一人に私の視線が吸ひ寄せられた。廿二三の、粗野な、しかし淺黒い整つた顔立ちの若者であつた。彼は半裸の姿で、汗に濡れて薄鼠いろをした晒の腹巻を腹に巻き直してゐた。たえず仲間の話に加はりその笑ひに加はりながら、彼はわざとのやうに、のろのろとそれを巻いた。露はな胸は充實した引締つた筋肉の隆起を示して、深い立體的な筋肉の溝が胸の中央から腹のはうへ下りてゐた。脇腹には太い縄目のやうな肉の連鎖が左右から窄まりわだかまつてゐた。その滑らかで熱い質量のある胴體《トルソオ》は、うす汚れた晒の腹巻でひしひしときびしく締められながら巻かれてゐた。日に灼けた半裸の肩は油を塗つたやうに輝やいてゐた。腋窩のくびれからはみだした黒い叢が、日差をうけて金いろに縮れて光つた。

これを見たとき、わけてもその引締つた腕にある牡丹の刺青を見たときに、私は情慾に襲はれた。熱烈な注視が、この粗野で野蠻な、しかし比ひまれな美しい肉體に定着した。彼は太陽の下で笑つてゐた。のけぞる時に太い隆起した咽喉元がみえた。あやしい動悸が私の胸底を走つた。もう彼の姿から目を離すことはできなかつた。

私は園子の存在を忘れてゐた。私は一つのことしか考へてゐなかつた。彼が眞夏の街へあの半裸のまま出て行つて與太仲間と戰ふことを。鋭利な匕首があの腹卷をとほして彼の胴體《トルソオ》に突き刺さることを。あの汚れた腹卷が血潮で美しく彩られることを。彼の血まみれの屍が戸板にのせられて又ここへ運び込まれて來ることを。……

「あと五分だわ」

園子の高い哀切な聲が私の耳を貫ぬいた。私は園子のはうへふしぎさうに振向いた。

この瞬間、私のなかで何かが殘酷な力で二つに引裂かれた。雷が落ちて生木が引裂かれるやうに。私が今まで精魂こめて積み重ねて來た建築物がいたましく崩れ落ちる音を私は聽いた。私といふ存在が何か一種のおそろしい「不在」に入れかはる刹那を見たやうな氣がした。目をつぶつて、私は咄嗟の間《ま》に、凍りつくやうな義務觀念にとりすがつた。

「もう五分か。こんなところへつれて來て惡かつたね。怒つてゐない？　あんな下劣な連中の下劣な恰好を、君みたいな人は見てはいけないんだ。ここの踊り場は仁義の切り方がわるかつたので、斷《ことは》つても斷つてもああいふ連中が只で踊りに來るやうになつたといふ話だよ」

しかし見てゐたのは私だけであつた。彼女は見てゐはしなかつた。彼女は見てはならないものは見ないやうに躾けられてゐた。見るともなしに、踊りを眺めてゐる汗ばんだ背中の行列をじつと眺めやつてゐただけである。

とはいへこの場の空氣が、しらずしらずのうちに園子の心にも或る種の化學變化を起させたとみえて、やがてそのつつましい口もとには、何か言ひ出さうとすることを豫め微笑で試《た》めしてゐると謂つた風《ふう》の、いはば微笑の兆のやうなものが漂つた。

「をかしなことをうかがふけれど、あなたはもうでせう。もう勿論あのことは御存知の方《はう》でせう」

私は力盡きてゐた。しかもなほ心の發條《バネ》のやうなものが殘つてゐて、それが間髪を容れず、尤もらしい答を私に言はせた。

「うん、……知つてますね。殘念ながら」

「いつごろ」

「去年の春」

「どなたと？」

——この優雅な質問に私は愕かされた。彼女は自分が名前を知つてゐる女としか、私を結びつけて考へることを知らないのである。

「名前は云へない」

「どなた？」

「きかないで」

あまり露骨な哀訴の調子が言外にきかれたものか、彼女は一瞬おどろいたやうに默つた。顔から血の氣の引いてゆくのを氣取《けど》られぬやうに、あらん限りの努力を私は拂つてゐた。別れの時刻が待たれた。時間を卑俗なブルースがこねまはしてゐた。私たちは擴聲器から來る感傷的な歌聲のなかで身動《じろ》ぎもしなかつた。

私と園子はほとんど同時に腕時計を見た。

——時刻だつた。私は立上るとき、もう一度日向の椅子のはうをぬすみ見た。一團は踊りに行つたとみえ、空つぽの椅子が照りつく日差のなかに置かれ、卓の上にこぼれてゐる何かの飲物が、ぎらぎらと凄まじい反射をあげた。

——一九四九、四、二七——

書き下ろし長篇小說

假面の告白

昭和二十四年七月一日印刷
昭和二十四年七月五日發行

定價貳百圓

著者　三《み》島《しま》由《ゆ》紀《き》夫《を》

發行者　河出孝雄
東京都千代田區神田小川町三ノ八

編集者　坂本一龜
東京都千代田區神田小川町三ノ八

印刷者　山村榮
東京都千代田區神田神保町一ノ三三

發行所　株式會社河出書房
東京都千代田區神田小川町三ノ八
會員番號一一一〇一四

假《か》面《めん》の告《こく》白《はく》　初版本復刻版

二〇二五年一月二〇日　初版印刷
二〇二五年一月三〇日　初版発行

著　者　三島由紀夫
装幀・装画　猪熊弦一郎
©The MIMOCA Foundation

発行者　小野寺優
発行所　株式会社河出書房新社
〒一六二-八五四四
東京都新宿区東五軒町二-一三
電話　〇三-三四〇四-一二〇一（営業）
　　　〇三-三四〇四-八六一一（編集）
https://www.kawade.co.jp/

印　刷　中央精版印刷株式会社
製　本　小泉製本株式会社

Printed in Japan
ISBN978-4-309-03945-9
落丁本・乱丁本はお取り替えいたします。

本書のコピー、スキャン、デジタル化等の無断複製は著作権法上での例外を除き禁じられています。本書を代行業者等の第三者に依頼してスキャンやデジタル化することは、いかなる場合も著作権法違反となります。